Casi Me Hice Monja

Y hubiera dejado de conocer
el camino al amor y el
reencuentro conmigo misma

POR

Martha Ginsberg

Casi Me Hice Monja
Martha Ginsberg

PRIMERA EDICIÓN ESPAÑOL. MARZO 2021
Copyright @2021 por Martha Ginsberg

Información de catalogación de publicaciones disponible en la Biblioteca del Congreso de los Estados Unidos.
ISBN en tapa blanda: 978-0-9981486-2-5

Impreso en los Estados Unidos de América por Amazon Direct

Escrito por Martha Ginsberg
Illustrado por Meg Gasiba

DEDICATORIA

A TODAS LAS MUJERES ESPECTACULARES,
QUE SOMOS TODAS…

Les dedico esta sencilla historia de amor. A todas las mujeres que han soñado con conseguir el amor verdadero en sus vidas, que buscan y buscan y tal vez se han trope-zado con ese amor, pero no supieron valorarlo pues pensaron que había algo mejor allá afuera.

El amor no es solamente el amor romántico que experimentamos en las relaciones de pareja. En realidad, todo comienza en cómo nos amamos a nosotras mismas. Ese es el principio de nuestra historia de vida. Esa es la relación más duradera de todas.

El personaje en esta historia podría ser cualquiera de nosotras. Esta es una historia de vida con emociones palpables, sencilla, picaresca y con un mensaje de amor y gratitud por las oportunidades de crecer, conocer a la persona que en verdad somos y darnos el valor innato que vive en nuestro ser interior.

Agradecimiento

Durante nuestra vida conocemos, queremos y admiramos a muchas personas y a cada una de ellas de manera diferente.

Algunas dejan una huella especialmente valiosa en nuestros corazones. Y es así que con especial cariño agradezco el apoyo, guía, e incentivo que mi querida prima Yliana Ledezma Jesurum me ofreció durante el proceso de escribir esta novela.

A mis compañeras de grupo "Del Sueño a la Realidad", Martha, Liliana, María Jacinta, Magui, Miriam con todas las cuales compartí horas felices, creando así nuevas y lindas amistades.

Este ha sido un proyecto que realice con mucho amor, y estoy eternamente agradecida a Guillermina Raffo por su profesionalismo en la fase editorial, a Meg Gasiba, por las bellas ilustraciones y a Dave Bricker por su asesoramiento en la maquetación del libro.

Y no podría dejar de agradecer el tiempo libre ofrecido por la cuarentena del año 2020, que, aunque fue una extraña experiencia, me permitió tener el tiempo para escribir. El proyecto de este libro me ayudó a mantener mis días y mi mente ocupados.

Indice

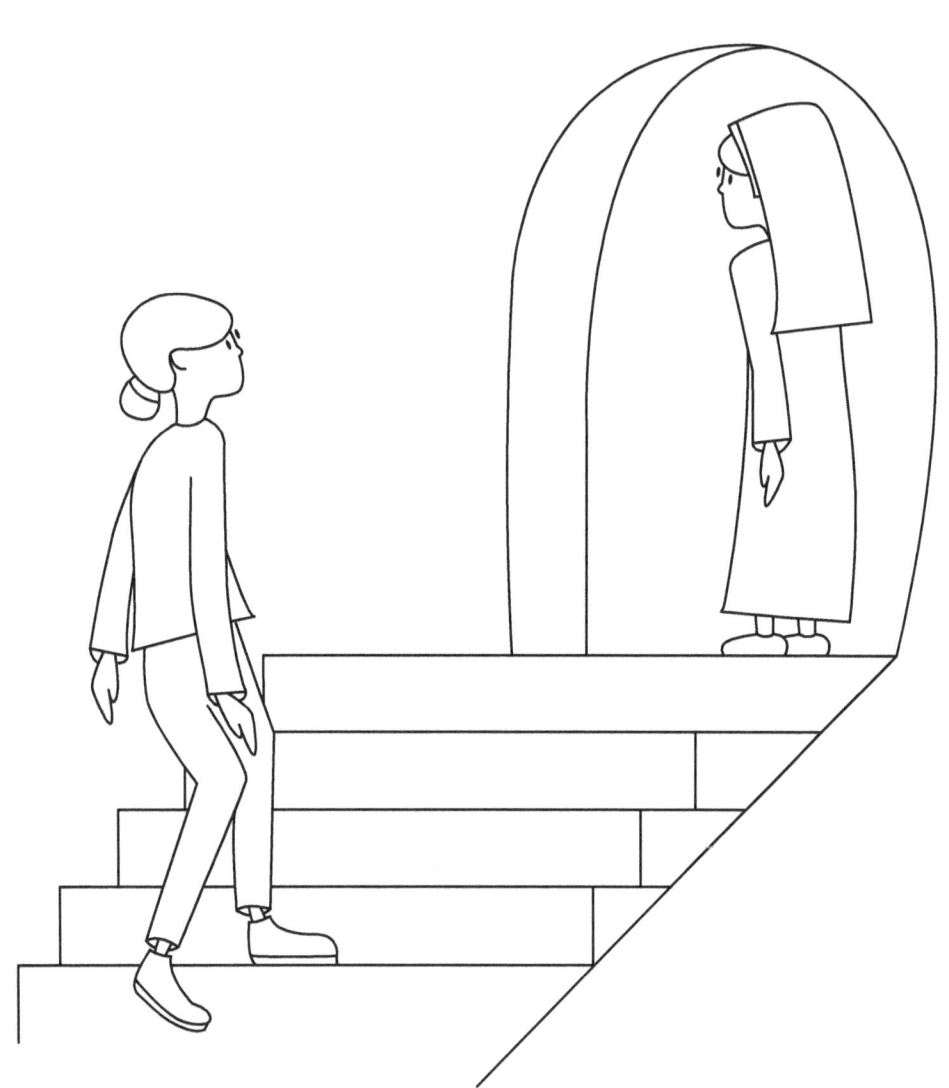

Capitulo I

Un Poco de mi Historia...

Amarse a uno mismo es el comienzo de una aventura que dura toda la vida

—Oscar Wilde

Sentir que uno no pertenece a ningún lugar en especial es una sensación extraña; tal vez haya personas a las que esto les resulte interesante y atractivo porque involucra viajar por el mundo entero, mimetizarse con otras culturas, conocer lugares y compartir experiencias con multitud de personas. Yo también pensé lo mismo hasta este momento en el cual estoy atravesando situaciones difíciles en mi vida.

Mi madre biológica era muy joven y soltera cuando quedó embarazada y se vio obligada a entregarme en adopción sin ni siquiera verme una sola vez. Le hubiese resultado muy difícil hacer pública su situación ante una sociedad que no aceptaba esa condición. Fue por ese motivo por el cual nunca conocí a mis padres.

Afortunadamente, mis padres adoptivos fueron los mejores padres que cualquiera desearía tener. Ellos no pudieron tener hijos propios. Por lo tanto, crecí como hija única y me colmaron de amor. Se trataba de un matrimonio feliz, con creencias religiosas arraigadas, las cuales me inculcaron desde muy temprana edad. Tal vez ése fue el motivo de mi deseo de ingresar en el noviciado y hacerme monja.

Regresando al tema de mis padres biológicos, ellos se conocieron siendo muy jóvenes y vivieron un amor de verano intensamente romántico. Fue durante unas vacaciones en Francia donde se enamoraron y se dejaron llevar como adolescentes libres que eran. Fueron dos meses de amor donde no hubieron reglas ni límites. La pequeña aldea donde ambos moraban estaba rodeada por majestuosas colinas verdes con plantaciones de lavanda. La fragancia de las flores impregnaba el ambiente. Esta aldea estaba abrazada por cielos azules reflejados en lagos límpidos con aguas cristalinas, y caminos de tierra que los invitaban a pasear sin que nadie los interrumpiera. El bullicio ininterrumpido y alegre de los pajaritos, y los espectaculares crepúsculos hacían de la aldea un lugar idílico.

Al terminar el verano, mi padre regresó a California sin nunca saber que su joven amor estaba embarazada; ella tampoco lo sabía. Cuando se despidieron al acabar las vacaciones juraron quedar en comunicación y encontrarse de nuevo al regreso de ambos en su ciudad de residencia.

Supe más adelante que mi padre era hijo de una familia económicamente solvente; su papá era un empresario muy reconocido en su ciudad. La familia acostumbraba a pasar los veranos en Europa y escogían un destino diferente cada verano, aunque el preferido de ellos siempre era Francia, en especial la región de Borgoña, colmada de viñedos. Los abuelos eran amantes de los buenos vinos, y por lo tanto, en ese destino siempre lo pasaban estupendamente bien.

Mi madre era muy linda, así lo demostraban las fotos que vi de ella de adolescente. Mis abuelos maternos eran nacidos en Francia. Emigraron a América en busca de una vida mejor que, efectivamente, consiguieron tener. Lamentablemente, después de muchos años de matrimonio los abuelos se divorciaron. El abuelo regresó a Francia, y la abuela se quedó en América, en donde eventualmente volvió a contraer matrimonio. Así es como mamá también solía disfrutar de las vacaciones de verano con su padre en la región de Borgoña, donde él estableció su residencia con posterioridad al divorcio.

Varias semanas después del regreso de mi padre biológico a California, mi madre también regresó. Para ese entonces, ella sospechaba que pudiera estar encinta. Al confirmarse la noticia, los abuelos no aceptaron tal situación y ella no tuvo otra opción que dar a su bebé en adopción tan pronto viniera al mundo.

Ambas familias no les permitieron volverse a encontrar. Tanto papá como mamá aun dependían económicamente de mis abuelos y estas dos familias hicieron todo lo que estuvo a su alcance para evitar un reencuentro. Es así como sus vidas tomaron caminos separados y cada uno de ellos encontró nuevas oportunidades. Mientras yo crecía, imaginaba conocerlos, preguntarles acerca de mis raíces, conocer el parecido que tengo con ellos, pero en mi caso, yo no me propuse buscarlos como hacen muchas personas que han sido adoptadas y desean por sobre todas las cosas descubrir su origen.

Ese fue el comienzo de la historia de mi vida. Todos tenemos algo que contar y todas las historias son únicas. La vida es una complejidad de eventos que a lo largo de los años se van convirtiendo en un libro, y yo la vivo de la mejor forma que sé hacerlo.

Fui adoptada a los pocos días de haber nacido en el seno de una familia de clase media alta. Me dieron la mejor educación, asistí a colegios exclusivos de esos que sólo aquellos con medios financieros holgados se pueden permitir. Irene, mi madre adoptiva, era educadora de profesión, aunque después de casarse sólo se dedicó a su esposo y a la crianza de su hija. Ella era una dama en todo el sentido de la palabra, cuya principal tarea era proveerme de los valores esenciales para un desarrollo saludable en la vida. Irene era hábil en incentivarme a participar en deportes y eventos culturales de la escuela. Ella daba mucho valor a los modales que una joven debía aprender, y, por lo tanto, me inscribió en un taller de Etiqueta y Refinamiento para adolescentes en el que se enseñaba cómo poner una mesa de manera elegante, cómo comunicarse de forma eficaz, cómo sentarse y caminar con buena postura, así mismo como el cuidado de la ropa y otras cosas.

Un domingo por mes, y en familia, íbamos los tres a distribuir comida a barrios pobres, y luego asistíamos a la misa del mediodía. Para ella, era muy importante inculcarme el sentido de compasión y de ayuda a los menos privilegiados. Aunque crecí con las enseñanzas del catolicismo, papá y mamá estaban abiertos al hecho de que si en un futuro yo decidiera tomar un camino diferente, lo aceptarían sin dificultad alguna, y así me lo hicieron saber.

Desde temprana edad yo mostraba tener una curiosidad fuera de lo común para mi edad. Siempre deseaba ir más allá de las explicaciones básicas y, por consiguiente, hacía una serie de preguntas relativas a cualquier tema de conversación. Como no tenía hermanos, crecí con la madurez típica de los hijos únicos.

Aceptando las sugerencias de un profesional especializado en traumas de niños que han sido adoptados, mis padres decidieron revelarme la realidad de mi origen. Pensaban que en la vida siempre es mejor enfrentar las situaciones abiertamente, además de que, estando rodeada de amor y afecto, las consecuencias de la adopción disminuirían el efecto negativo que ésta pudiera tener en la vida de la persona adoptada. La experiencia decía que muchos niños adoptados descubren la realidad cuando son adultos y esto les causa una herida aún más dolorosa.

Desde temprana edad, mis padres adoptivos compartieron toda la información que ellos habían podido recolectar y, a medida que yo crecía, añadían detalles a la historia. Ellos mantuvieron la comunicación con mi madre biológica por mucho tiempo, por lo tanto, se enteraban de casi todos los detalles de su vida. Querían que algún día, cuando yo fuera adulta, pudiera tener el derecho de conocer la historia de mi familia biológica, si así yo lo escogía.

Sin embargo, y a pesar del amor que me mostraban mis padres adoptivos, muy en el fondo, yo escondía cierta tristeza, y pienso que eso influyó en que me convirtiera en una chica tímida. Mi joven corazón no podía entender por qué mis padres biológicos no quisieron tenerme consigo y prefirieron tomar la ruta de darme en adopción. A pesar de esta timidez, yo poseía un sentido del humor muy a flor de piel. Tenía una risa contagiosa, lo cual ayudó a convertirme en popular entre las compañeras de escuela. Era aficionada a los deportes, destacándome en volibol. Mi grupo de amigas era pequeño, pero era un grupo fiel y constante. El hecho de que asistiera a una escuela de monjas no me ofrecía muchas oportunidades de conocer varones, por lo que se hacía difícil tener pretendientes.

Por razones que ni yo misma entendía, desde muy joven rondaba en mi cabeza la idea de que tal vez mi destino sería ser religiosa. Por muchos años vacilé antes de decidirme, pero de pronto, me pareció que era el camino más indicado para mi futuro.

Nadie me lo había sugerido, y nadie me presionó. La decisión de entrar en un convento fue solamente mía. Desde muy temprana edad sentía atracción por los temas espirituales. Siempre rezaba oraciones antes de ir a la cama y también al despertar. Mamá observaba con admiración cómo una niña tan pequeña tenía esa disciplina; era algo que hacía porque yo quería: era una necesidad interior y nadie me obligaba a ello. Mis libros favoritos para aquel entonces eran los cuentos de ángeles y al hacerme mayor, empecé a interesarme por la vida de personajes religiosos. Un libro de este género era el mejor regalo que podían hacerme. Por lo tanto, al anunciarle a mis padres que deseaba ingresar en un convento no les causó mayor sorpresa. Una vez terminada la educación secundaria en el colegio al que asistía, y luego de un largo proceso de elección de un noviciado que cumpliera con los requisitos que habíamos establecido, nos decidimos por una congregación en Ohio.

Cuando una joven como yo está considerando ser monja atraviesa por un proceso de discernimiento profundo. En este momento, esta joven es considerada como "una aspirante"; esta etapa le ayuda a consolidar la decisión de entrar a la vida religiosa y en ella recomiendan que la aspirante mantenga conversaciones con monjas, visite conventos, asista a retiros para determinar si finalmente esto es lo que anhela para su vida, y seleccione a que Orden se unirá a los efectos de ser evaluada por esa comunidad. Luego de haber cumplido con los pasos establecidos y de haber seleccionado el noviciado de Ohio, finalmente llegó el día.

Inocentes vivencias…. En el Convento

Era una mañana lindísima en uno de los suburbios de Cambridge, Massachusetts. Hoy comenzaba el viaje hacia la congregación religiosa, donde había sido aceptada para realizar el noviciado. Mis padres, Irene y Kenny Taylor, me acompañaron hasta el aeropuerto para tomar el vuelo con destino a esta nueva etapa de mi vida.

El viaje transcurrió sin sorpresas y, finalmente, me encontraba en la oficina de la Madre Superiora para iniciar el proceso de presentación e inducción a mi estancia allí, y me convertía así en "una postulante". Como es normal, estaba algo nerviosa; todo era nuevo y sentía la presión que surge cuando se piensa que ya no hay vuelta atrás. La madre superiora notó mi nerviosismo y sugirió que tomara asiento y me sirviera algo de agua de un elegante botellón frente a mí.

—Allyson, bebe algo de agua. Es lógico que te sientas nerviosa, pero puedes calmarte. Aquí todas las hermanas te ayudarán a que te integres lentamente en la rutina. La Hermana Adelina vendrá en unos minutos para llevarte a la que será tu estancia. La compartirás con otra chica de tu misma edad. Ya tenemos toda tu documentación. Todo está en orden. Mañana empezarás con las actividades; te iremos explicando todo poco a poco. Te acompañaremos y guiaremos junto a otras dos chicas más que llegarán mañana temprano para integrarse a este proceso de recogimiento, oración, y trabajo de asistencia a los más desfavorecidos.

_No te llamarás Allyson mientras estés aquí. Te asignamos el nombre de Sofía: serás la novicia Sofía. ¿Tienes alguna pregunta?

En ese momento no se me ocurría nada que preguntar. Recordé que mamá había colocado en la maleta unas pastillas de hierbas naturales en caso de que me invadieran los nervios, y pensé que éste era el mejor momento para hacer uso de ellas.

—No Madre, no tengo nada que preguntar ahora, respondí. Estoy algo cansada y me gustaría retirarme a mi habitación.

—Eso será más tarde Sofía. Dentro de unos minutos pasaremos todas al comedor para recibir la cena y luego iremos a la iglesia a escuchar la Santa Misa; en todo caso podrás dejar tus cosas allí.

Tras el shock inicial de hablar con la Madre Superiora, llegó la Hermana Adelina a recogerme y me llevó a conocer la estancia en donde dormiría y la vestimenta que tendría que llevar diariamente. El uniforme asignado no era de mi agrado para nada, y después supe que las otras dos chicas que ingresaron al día siguiente tuvieron la misma impresión. -Bueno, aquí no vamos a modelar, fue el comentario que hice a las otras jóvenes, y todas nos reímos como niñas traviesas.

Al día siguiente, las nuevas postulantes tuvimos que hacer nuestra primera renuncia: la de poner a un lado los teléfonos celulares, los cuales, aunque no tenían mucho tiempo en el mercado de la tecnología, constituían un elemento fundamental para mantenernos en contacto con el mundo. No obstante, el teléfono no era de mucha ayuda ya que el contacto con la familia estaba restringido, y el uso del mismo sería muy limitado.

Todas las chicas estábamos un poco perdidas en este primer día. Durante las primeras semanas nos resultó extremadamente difícil acostumbrarnos a esa forma de vivir. Era imposible no sentirse triste con el imponente silencio del lugar; sin embargo, con el correr del tiempo, este lugar empezó a despertar en mí, una extraña sensación de paz y sosiego nunca experimentada. Extrañaba muchísimo a mi familia. Aprendí a escribir lindas cartas a mis padres, y lo hacía desde el corazón, mostrando amor y gratitud por todo lo que ellos habían hecho por mí.

Cuánto agradecí luego de haber escrito esas cartas; me sentí reconfortada por haber compartido esos sentimientos ya que un año después de haber entrado en el convento recibí la triste noticia de que papá había fallecido en un accidente aéreo. Yo no lo podía creer, me sentí completamente abatida ya que no había podido despedirme de él, y pensaba en mi madre, en cómo lo estaría pasando: yo lejos y no sabía qué hacer. Me sumergí en un proceso de depresión. Ahora mamá estaba sola y ni siquiera podía estar con ella para acompañarla en estos momentos tan difíciles. Por suerte, la Madre Superiora me consiguió una dispensa especial para estar en el funeral de papá y quedarme un par de días en casa acompañándola. Luego del entierro, regresé a la vida cotidiana del convento. Durante las semanas siguientes a mi regreso, me sentía triste y apenada, y se me hacía difícil concéntrame en mis tareas.

"La danza del universo nos coloca en el lugar preciso y en el momento justo cuando nos dejamos guiar por su infinita sabiduría"

En ese momento llegó a mi existencia un hombre que marcaría mi vida: Clifford. El Padre Clifford era el confesor de las monjas y postulantes. Su ayuda fue determinante para rescatarme de la depresión que estaba atravesando. Él se tomó el tiempo para hablar conmigo y me mostró su apoyo incondicional: así como un padre ayuda a una hija. Con el tiempo, fui recuperando la alegría nuevamente. Mamá y yo hablábamos con muchísima frecuencia; la Madre Superiora me dio un permiso especial para comunicarme con ella con más frecuencia que la estipulada dadas las circunstancias por las que estábamos atravesando. Mamá, poco a poco también, empezó a vivir nuevamente y el saber que yo recobraba la paz interna fue motivo de tranquilidad para ella, y así me lo hizo saber.

Durante el primer año de intensa formación en el convento, resulté ser una postulante ejemplar. Tenía buenas relaciones con todas las compañeras y era buena estudiante, pero desde el principio escuchaba una vocecita interna que me decía que esa vida no era para mí. Algo me faltaba, y mi corazón estaba ansioso por vivir otras experiencias que la vida del claustro no permitía conocer. Sin embargo, decidí darme más tiempo. Es sólo el primer año, trataba de convencerme a mi misma. No es tiempo suficiente para tomar esta drástica decisión.

Pasaba mucho tiempo y disfrutaba ayudando en la cocina con las hermanas reposteras. Ellas me enseñaron a hornear pan y deliciosos pasteles que me ganaron el título de la *mejor repostera* que habían tenido en mucho tiempo. En los momentos de recreo, jugaba en los florecidos jardines que rodeaban el convento. Había varios canes y yo, que adoraba a los animales, encontraba compañía en estas criaturas ya que eran como mis niños. Les ponía nombres a cada uno de ellos. Todos los días, me esperaban con sus caritas alegres pues nadie más jugaba con ellos. En los días lluviosos, la biblioteca era mi lugar preferido. Solía pasar largas horas leyendo con avidez cualquier libro que llegara a mis manos. Este lugar que contenía cantidades de mis libros favoritos era un paraíso para mí. Sin duda, la lectura seguía siendo mi pasatiempo preferido.

En los recesos nos reuníamos todas las postulantes y manteníamos conversaciones alegres, y en ciertas ocasiones, hasta picarescas; comentábamos nuestras vidas personales, los deseos y las aspiraciones que cada una de nosotras tenía. Ana María era la chica más cercana a mí. Éramos contemporáneas en edad y en personalidad, y a menudo encontrábamos motivos para reírnos y compartir secretos; sabíamos que estas conversaciones eran sólo entre nosotras, pues las otras chicas pensaban que hablar de ciertas cosas era pecado.

—Allyson, si no fueras una futura monja, ¿te gustaría casarte?

—Creo que me hubiera gustado conseguirme un chico buenmozo y alegre con el cual compartir la pasión....

—¿Que te supiera besar?

Y las dos hicimos un gesto con la boca insinuando un beso apasionado. Esas travesuras, eran típicas entre nosotras y mostraban nuestra complicidad.

En una ocasión, una de las otras chicas a la que no le gustaba participar en los juegos entre compañeras, llamada Isabel, escuchó una conversación similar a la narrada anteriormente y salió corriendo con el chisme para contárselo a la Madre Superiora.

Al día siguiente Ana María y yo fuimos llamadas a presentarnos en la oficina de la Madre.

—Se ha constatado que ustedes dos conversan sobre temas que dos chicas aspirantes a una vida de resguardo no deberían tener. Nos obligaron a confesarnos y a prometer que no hablaríamos más de esos temas. Esto no representaba un escollo para mí, pues me sentía segura y con confianza, y cuando hablaba con el Padre Clifford en el fondo de mi alma presentía que él no me juzgaría y sabría calmar mis miedos con palabras alentadoras.

Así es como en la misa siguiente, arrodillada en el confesionario yo conversaba con el Padre Clifford.

—¿Padre Clifford, es pecado tener una conversación sobre desear ser besada con pasión por un chico, eso si yo no fuera novicia, por supuesto?

Esta no era la primera vez que el Padre Clifford escuchaba tal confesión. Imaginándose lo que pudo haber sucedido, respondió.

—Hija, somos humanos, ese tipo de pensamientos puede cruzar nuestra mente. No te aferres a ellos. Obsérvalos como olas en el océano que vienen y van. No son buenos ni tampoco son malos, simplemente son.

Lo que él dijo fue como una píldora calmante para mí y entendí que tener esos pensamientos no significaba que yo era una mala persona.

En vista de que el Padre Clifford se había convertido en mi mejor apoyo y que esa voz interior que me hacía dudar por haber escogido esa forma de vida no cesaba de atormentarme, tuve que confesarle al Padre Clifford la decepción que yo sentía por haber entrado a la vida en claustro. De pronto empecé a tener pensamientos raros en torno al Padre Clifford y como sucede con muchas jóvenes que se enamoran del profesor o de una figura masculina mayor que ellas, yo tenía infatuación por el Padre Clifford. ¿Porque será que un hombre así de guapo decidió entregar su vida a la iglesia y olvidarse de sus necesidades como ser humano? ¿Por qué habrá renunciado a tener esposa e hijos? Me preguntaba.

Lo que yo no sabía era que el Padre Clifford había solicitado la dispensa del ministerio sacerdotal, que en términos concretos constituye la renuncia a sus hábitos. Pedir la dispensa era un proceso largo y arduo, pero él tuvo la paciencia de esperar hasta que se la otorgaran dos años después.

En cuanto a mi, el tiempo transcurría. El final de la etapa de postulante se acercaba y era necesario llegar a una determinación.

Esta etapa es la que transcurre desde que la joven se muda formalmente a la congregación y vive en ella; es una fase preliminar que incluye mucha meditación para definir su vocación. Este período puede durar de seis meses a un año y termina cuando las hermanas de la orden determinan que la persona es una buena candidata. Sólo entonces será aceptada y empieza el noviciado. Hacía algo mas de un año que las religiosas me habían recibido formalmente como parte de la congregación y era yo considerada como una principiante.

En unos cuantos meses se cumplirían los dos años, momento en el cual se reciben los primeros votos, llamados "votos simples". Estaba muy cerca del plazo para decidir si ésta era la vida que deseaba. El noviciado se considera todavía como una fase de discernimiento en la vocación: la novicia puede abandonar la comunidad si así lo desea.

Se acercaba el momento entonces de decidir si tomaría los "votos simples" ; dichos votos al cabo de un período que oscila entre tres y cinco años y al reiterar la novicia su voluntad de continuar, se transforman en "votos perpetuos". Posteriormente, y en el caso de que la novicia decida solicitar la separación de la vida de religiosa, ella tendría que atravesar un proceso más largo y formal.

Ya no podía esperar más. Deseaba hablar con el Padre Clifford nuevamente y escuchar sus sabios consejos, los cuales proporcionaban calma a mi mente agitada. En la siguiente misa, fui la primera en la fila del confesionario. Una vez de rodillas, sentía el sudor correr en mis manos y mi corazón latir fuertemente; con la voz quebrada, le dije:

"Padre, estoy atravesando un momento duro y confuso. Ya no quiero seguir aquí. Cometí un gran error al pensar que ésta era la vida que yo deseaba. No tengo mucho tiempo para tomar la decisión y quisiera muchísimo escuchar su consejo".

Después de un momento de silencio, escuché su voz calmada decir: "En la vida de una persona todo puede cambiar: pensamientos, actitudes, creencias. Nada es definitivo. Tú experimentaste y no resultó ser lo que tu alma busca. Sigue tu intuición. No seas dura contigo misma. La Madre Superiora comprenderá.

Armada de valor después de esta conversación, solicité una audición para ver a la Madre Superiora lo más rápidamente posible.

En la conversación con la Madre Superiora, ella muy sutilmente me dio razones para que revocara mi decisión de volver a la vida del mundo laico. "Hija, estos primeros años son difíciles, lo puedo entender; sin embargo, una vez superado este tiempo de prueba, te darás cuenta de lo feliz que puede ser la vida de una novicia cuando se la entregas a Dios. El mundo allá afuera es duro y traicionero".

"Sí, Madre, gracias por sus consejos y por entenderme. Lo he pensado detenidamente y no puedo volver atrás. Deseo terminar ahora. Le agradezco todo lo que Ud. y las hermanas me han ayudado en este tiempo. Ha sido una experiencia que vivirá conmigo para siempre".

Ya una vez cerrado ese capítulo, ahora tendría que hablar con mamá. Esto para mí era aún más difícil que la conversación con la Madre Superiora. Después de todo, tanto ella como papá trabajaron arduamente para conseguir que yo pudiera entrar en el convento cuando pensaba que ése era el rumbo que deseaba tomar en mi vida. Me sentí avergonzada si mi decisión le pudiera causar decepción.

-Mamá, siento mucha pena por lo que voy a decirte. Sólo quisiera que me entiendas, pues tu apoyo es lo que más necesito en estos momentos. He renunciado al noviciado. Ya desde hace algún tiempo me di cuenta de que no soy feliz haciendo esto y que no es lo que quiero para el resto de mi vida. Hoy mismo hablé con la Madre Superiora y se lo comuniqué.

-Hija, haber llegado a esa determinación tan importante para ti debió haber sido doloroso. Seguro que el proceso te causó muchísima ansiedad. Conociéndote como te conozco, sé que pensaste cuidadosamente las razones que te llevaron a ello antes de llegar a esa resolución por ti sola. Eso demuestra tu coraje. Respeto tu decisión y estoy orgullosa de ti. Dime cuándo estarás de vuelta para tener tu habitación preparada.

Por supuesto que la Madre Superiora, así como las compañeras y las otras hermanas, hicieron lo posible para que cambiara de opinión, pero la decisión estaba tomada. Yo no deseaba continuar. Unas semanas más tarde, con la maleta lista, lágrimas en los ojos y un corazón lleno de emociones encontradas, alegría y tristeza al mismo tiempo, estaba esperando partir afuera del monasterio- rodeada por todas las chicas aspirantes, la Hermana Adelina y la Madre Superiora y, por supuesto, el Padre Clifford.

Antes de irme, fui a saludar a mis amigos canes, a los cuales había aprendido a querer tanto. No sé si lo estaba suponiendo, pero sentía que ellos también me extrañarían. Me senté en la grama y dejé que ellos mojaran mis mejillas con sus lambidos. Sus colitas agitándose de un lado para el otro a toda velocidad indicaban la alegría de estar conmigo.

Creo que en el rostro se mostraban todas las emociones y pensamientos que atravesaban mi cerebro ya hastiado de tanto pensar.

¿Qué nuevas experiencias traería la vida ahora? ¿Qué cosas nuevas se presentarían en el camino?

Estaba expectante y emocionada, pero también reticente y temerosa. Es así como si estuviera abordando un barco que va hacia algún lugar pero no sabía hacia adónde. El Padre Clifford se acercó hasta mí y tomó mi mano con ese cariño tan especial de él. De sólo sentir su roce, mis dudas se desvanecieron.

Tiernamente me abrazó y susurró a mis oídos "Recuerda el poema "Itaca" de Constatine Kavafis".

El sabía que yo había leído ese poema tantas veces y lo mucho que me deleitaba pues resonaba con mi alma; los párrafos que más me gustan dicen:

"Cuando emprendas tu viaje a Itaca
Pide que el camino sea largo,
Lleno de aventuras, lleno de experiencias.
No temas a los lestrigones ni a los cíclopes
Ni al colérico Poseidón,
Seres tales jamás hallarás en tu camino,
Si tu pensar es elevado, si selecta
Es la emoción que toca tu espíritu y tu cuerpo.
Ni a los lestrigones ni a los cíclopes
Ni al salvaje Poseidón encontrarás,
Si no los llevas dentro de tu alma,
Si no los yergue tu alma ante ti.
Pide que el camino sea largo.
Que muchas sean las mañanas de verano
En que llegues-¡Con qué placer y alegría!-
A puertos nunca vistos antes.

Así imaginaba sería mi vida, y así se abría un nuevo camino hacia mi Itaca (meta).

Capitulo II

La Vida Afuera del Convento

"Amar no es mirarse el uno al otro: es mirar juntos en la misma dirección"

—Antoine de Saint-Exupery

Para ese entonces tenía 20 años y estaba comenzando una nueva etapa de vida. Tan pronto salí del convento, mi madre, una mujer comprensiva, cercana y muy cariñosa, tenía preparadas unas vacaciones para las dos juntas en el Caribe. A ella le vino muy bien mi compañía pues desde la muerte de papá no había tenido la oportunidad de viajar. Yo, por mi parte, me sentía como un pajarito al que le habían abierto las puertas de la jaula y por fin podía extender sus alas y volar. Madre e hija compartiendo dos semanas… la pasaremos estupendamente bien, pensé.

Llegamos a nuestro destino, un complejo de lujo, en una isla del Caribe, con unas instalaciones fabulosas. Teníamos todo lo necesario para hacer de esos días una experiencia inolvidable. Una noche después de cenar nos fuimos al bar situado en el área de la piscina del complejo donde nos alojábamos.

Mamá ordenó una piña colada para ella y sugirió que la podríamos compartir en vista de ser ésta la primera vez que yo bebería alcohol. En cierta forma fue divertido observar su cuidado maternal.

De pronto, de forma intempestiva, se nos acercó un hombre guapísimo que obviamente estaba hospedándose en el mismo lugar, y con un acento francés extremadamente sexy, y una sonrisa igualmente retadora, le dijo a mamá:

-¿No es muy joven su hija para consumir esa bebida?

Las dos nos reímos con él puesto que sabíamos que ese comentario había sido una excusa para entablar una conversación, y nosotras estábamos abiertas a ello, con lo cual empezamos a intercambiar anécdotas. El era un hombre encantador tanto así que esa velada duró hasta casi la medianoche. A esa hora, mamá sugirió que nos deberíamos retirar a descansar pues temprano a la mañana siguiente haríamos una excursión que habíamos contratado para recorrer la isla entera.

—Me encantaría hacerles compañía en el paseo de mañana ¿Qué opinan? No quisiera que lo sintieran como una intromisión de mi parte, agregó este hombre encantador. Me giré discretamente a mirar a mi madre e inmediatamente ella entendió que yo deseaba aceptar el ofrecimiento y tácitamente pedía su consentimiento.

Así fue como conocí a Pierre, un empresario Francés que tenía negocios en la isla. Él me pareció un hombre muy atractivo, de unos treinta años, con un *savoir—faire* muy típico de los franceses. Me parecía una gran diferencia de edad, pero extrañamente siempre me había sentido atraída por los hombres maduros. Era alto y bronceado, con ese color dorado de su piel que respondía a la cantidad de tiempo que permanecía en el Caribe para atender sus negocios. Era todo un caballero: de esos que abren puertas y arriman sillas. En las conversaciones que tuvimos nos habló de su vida y de su familia en Francia. Nos contó que estuvo casado por corto tiempo y que su esposa, presa de una enfermedad fatal, había fallecido pocos años después de haber contraído matrimonio.

A partir de ese momento y durante los siguientes cuatro días, Pierre se convirtió en nuestro compañero de viaje, pero solamente uno de esos cuatro días tuvimos la oportunidad de estar a solas. Yo no quería dejar a mi madre sin compañía y él, por su parte, estaba encantado de poder compartir el viaje con dos mujeres alegres y simpáticas. Uno de los días mamá me sugirió que saliera con él, y creo que, como excusa, comentó que se sentía un poco indispuesta. Seguramente lo hizo a propósito con la intención de dejarnos a solas; ese día sería únicamente para nosotros, para él y para mí. Por lo que haya sido, se lo agradezco, pues la pasamos magníficamente bien. Fue un día espectacular; caminamos por la playa, hicimos esquí acuático, reímos como niños y cerramos el día con broche de oro compartiendo una cena fabulosamente romántica.

Tuvimos la oportunidad de conocernos mejor. Pierre me habló de él y manifestó su deseo de conocer a alguien con quién compartir su vida pues se sentía muy solo. Honestamente, yo no podía entender cómo un hombre tan guapo y varonil no estaba ya fuera de la lista de solteros.

Los cuatro días que compartimos fueron inolvidables. Cuando llegó el momento de la despedida, ya que era la hora prevista para su regreso a Francia, me sentí triste; era como si me despidiera de alguien a quién había conocido durante toda la vida. Habíamos intercambiado los más mínimos detalles de nuestra información de contacto y cuando ya estaba él listo para salir al aeropuerto, llegué yo corriendo al vestíbulo del hotel a despedirme. El taxista lo esperaba afuera, y él sosteniendo su maleta, tomó mi mano diciéndome:

—Tengo que hacer algo que he querido hacer desde que te vi por primera vez.

Yo intuía lo que quería decir y le respondí con una voz algo tímida, aunque estaba segura de lo que yo también deseaba:

—No solamente tú Pierre, yo también he sentido lo mismo.

En ese momento me percaté de que las sala estaba llena de personas y se escuchaba una canción que tocaba una banda de Calypso al fondo, y en ese preciso instante, nuestros cuerpos se acercaron. Fue el primer beso, ése que tanto había imaginado, incluso estando en el noviciado, y lo único que pensé fue que era simplemente maravilloso sentir de esa manera. El taxista entró a buscarlo y nos interrumpió:

—Señor, disculpe, yo tampoco quisiera irme y dejar a una dama tan linda, pero tenemos que partir; se hace tarde.

Los dos nos miramos y sonreímos con complicidad.

—Pronto sabrás de mí. *Au revoir.*

Mamá y yo teníamos aún tres días más de vacaciones y aunque disfrutamos cada minuto, sentí el vacío de su ausencia. A mamá también le pareció que Pierre era encantador y, a pesar de la discreción que la caracterizaba, se atrevió a preguntarme si me sentía triste por su partida. Y me dijo…

—Ya verás que él te va a contactar a su regreso. Y, efectivamente, así sucedió. Al día siguiente de nuestro regreso a USA, recibí la llamada de una floristería local preguntándome si habría alguien en casa para recibir un ramo de flores que él había encargado;

cuando vi ese ramo, me terminó de enamorar puesto que no podía ser más bonito, y el contenido de la tarjeta, más romántico. La misma decía: "La mujer de mis sueños. No he dejado de pensar en ti ni por un instante"

Ese fue el comienzo de una relación platónica que duró cerca de dos años. En ese período me inscribí en un instituto tecnológico para realizar estudios de diseño gráfico. Pierre venía varias veces a los Estados Unidos en viaje de negocios y siempre paraba en Cambridge durante varios días, tiempo que aprovechamos para compartir y conocernos. Para ese entonces yo vivía con mi mamá. Fueron meses maravillosos en los cuales yo esperaba con ansiedad cada visita de Pierre.

Pero no era solamente yo quien estaba enamorada… Una tarde cuando regresé a casa y entré por la puerta del garaje, escuché una conversación que mamá estaba sosteniendo con alguien en el teléfono.

—Si, Robert, estaré lista puntualmente mañana a las 5:00 p.m. Esta será la oportunidad perfecta para que mi hija te conozca. Seguro de que estará encantada contigo.

Yo esperé a que terminara la conversación para entrar a la sala.

—Hola mamá, que bonita se te ve… ¿Y puedo preguntar a quién voy a conocer?

Como una chiquilla enamorada, se ruborizó y me dijo:

—Hija he conocido a un señor en las clases de arte. Él es viudo como yo. Nos hemos visto varias veces y la verdad es que me siento atraída por él. No quise decirte nada hasta no sentirme segura de sus intenciones.

—Madre, que noticia tan fantástica. Por eso es por lo que he notado que últimamente estás más alegre y cada día te ves más atractiva. Buenísimo… Ahora cuando venga Pierre podemos salir los cuatro.

Resultó que Roberto era un tipo genial: simpático, alegre y mostraba mucho afecto por mamá. La relación se hacía más cercana día a día y aunque cada uno vivía en su respectiva casa, Robert pasaba mucho tiempo en la nuestra.

El romance entre los dos continuó por algún tiempo hasta que finalmente mamá y Robert anunciaron que se casarían. Decían que no había tiempo que perder, y ambos estaban considerando fijar su residencia en una casa que Robert tenía en Vermont. Sin embargo, la decisión de mudarse no sería inmediata, y yo sabía que el motivo era que no deseaban dejarme sola en la ciudad. Por mi parte, la noticia de ese matrimonio me causó una gran felicidad. Mamá ya no estaría sola e indistintamente de lo que pasara conmigo en lo personal, sabía que ella estaría acompañada por un gran hombre. Mientras todo eso transcurría en mis entornos, mi expectativa crecía, pues la semana entrante Pierre estaría de vuelta nuevamente, y se encontraría con que teníamos ahora un nuevo miembro en la familia.

Pierre llegó justo el primer domingo de diciembre; ese día amaneció nevando, los jardines estaban cubiertos de una alfombra blanca y el aroma de los árboles de pino inundaba la atmósfera. La fría temperatura nos mantenía dentro de la casa sentados alrededor de la chimenea escuchando el ruido de la leña ardiendo. El arbolito de navidad que habíamos montado entre los cuatro alegraba la estancia.

Pierre, tan galante como siempre, solía presentarse con regalos para mamá y para mí. Traía cosas pequeñas, como deliciosos chocolates, exquisitos perfumes, y quesos artesanos. En una ocasión, hasta trajo el típico croissant francés que él sabía que tanto nos gustaba a nosotras. A él le gustaba cocinar y no perdía la oportunidad para prepararnos platos deliciosos; me encantaba su famoso Coq au vin Jaune, tradicional de "Franche—Comte" una región de Francia espectacular enclavada entre Borgoña y suiza, y preparaba este plato con muslos de pollo cocinados acompañado con una salsa de vino y hongos Morel, toda una exquisitez.

Mi madre y yo lo ayudábamos con los preparativos y la limpieza de la cocina al final, pero él mismo se encargaba de la compra de los ingredientes, pues, como buen gastrónomo, le gustaba comer bien y sólo compraba insumos de alta calidad para que el resultado final fuera un placer para cualquier paladar. Era conocedor de vinos, y en eso coincidía con Robert que también disfrutaba de los buenos vinos, y ello resultó ser un punto en común ya que la pasaban de lo mejor hablando del tema.

Pierre fue un hombre que me hizo crecer en todos los sentidos; aprendí mucho con él en ese tiempo; incluso me estaba enseñando el idioma francés y me sugirió que tomara clases para así poder practicarlo juntos.

—Chérie, te voy a enseñar todos los trucos de la buena cocina. Cuando algún día vengas a Francia ya todo eso te será familiar. Yo estaba fascinada pues cocinar era uno de mis hobbies favoritos. Bromeaba con él y le decía:

—Nunca podré cocinar como tú: creo que prefiero comer tus creaciones culinarias.

En su lugar, yo siempre me encargaba de hacer unos postres magistrales para acompañar las comidas; guardaba con mucho celo cada una de las recetas que había aprendido en el convento y Pierre no escatimaba en halagos hacia ellos.

Ahora ya casi dos años de nuestro noviazgo, una tarde nos encontrábamos todos sentados unos muy cerca del otro frente al televisor disfrutando de una buena película; estábamos en silencio cuando de pronto, Pierre se levantó solemnemente de la silla, tomó el control de la televisión, bajó el volumen y giró su rostro para mirarnos a todos. Su cara era seria hasta el punto de que nos asombramos por lo que estaba sucediendo; empezamos a mirarnos los tres con una expresión incrédula, de asombro, y mamá preguntó un poco asustada por la conducta de Pierre...

—¿Pierre, se puede saber que estás haciendo?

—Hay algo que tengo que decirles...

En ese preciso momento, sonó el timbre de la puerta. ¿Quién estará aquí a estas horas? exclamó Robert.

—Yo abriré, dijo Pierre

Al abrir la puerta, Pierre se hizo a un lado y dejó entrar a un grupo compuesto de cinco personas: cuatro tocando el violín y una cantando una de mis melodías favoritas: *Te Amaré* de Miguel Bose. Yo sentía que mi corazón palpitaba aceleradamente y podía anticipar lo que estaba a punto de suceder; no lo podía creer: mi madre y Robert se miraban y sonreían.

Yo permanecía sentada en el sofá mientras que Pierre se me acercó y se sentó en el suelo, y tomando mi mano, sacó del bolsillo de su pantalón un pequeño estuche que estaba perfectamente envuelto con un papel dorado brillante. En ese momento, mis ojos se llenaron de lágrimas; lo miré por un rato largo y luego procedí a abrir la cajita que había colocado entre mis manos. Abrí el estuche; Pierre tomó la sortija y me la colocó en el dedo índice y me dijo:

—Lo que más deseo en este mundo es que seas mi esposa. ¿Y en presencia de tu madre te pregunto, me harías el honor de casarte conmigo?

Hay momentos que uno desearía duraran una eternidad y éste fue uno de ellos. Nos abrazamos y besamos sin tomar nota de la audiencia de alrededor que tenía su mirada fijada en nosotros. No había necesidad de decir nada. El beso y abrazo además de las lágrimas que corrían por mis mejillas lo decían todo. "Te amo Pierre" fue todo lo que alcancé a murmurar.

Mamá esperó pacientemente, disfrutando del momento y luego tomó la palabra.

_ No solamente es éste el día más feliz para mi hija: para mí también lo es. Cuánto he esperado este momento pues sé lo mucho que ustedes se quieren, y yo fui testigo de ese encuentro.

—Ahora, Pierre debo decirte que por un momento me asusté. Cuando te levantaste del sofá y bajaste el volumen de la televisión sin preguntarnos, pensé que te habías vuelto loco; además tenías una cara tan seria que casi ni te reconocía.

—Ese era precisamente el efecto que esperaba causar. Todo tenía que ser de sorpresa. respondió Pierre.

Al cabo de unas horas y extenuados por todo lo acontecido, nos retiramos a dormir. Había sido un largo día lleno de muchas emociones. Al día siguiente sería la Noche Buena y habría otra celebración.

Los días siguientes fueron de preparativos para la celebración de las dos bodas, la mía con Pierre y la de mamá y Robert. Pierre debía regresar a Francia, por lo tanto, acordamos que haríamos una celebración pequeña en nuestra casa con la familia y amigos más cercanos.

—Cuando estemos en Francia haremos otra boda con mi familia y por supuesto tu mamá y Robert serán los invitados de honor.

Mamá y yo trabajamos intensamente para poder cubrir todos los preparativos de comida e invitaciones. Pierre se encargó de las bebidas y de las diligencias que nosotras no teníamos el tiempo de cubrir. El juez que celebraría las ceremonias era un íntimo amigo de Robert, y él se ofreció a coordinar todos los detalles necesarios en este sentido. Mamá había manifestado su deseo de que Pierre estuviera presente en su celebración, la cual también sería algo sumamente íntimo ya que solamente asistirían como invitados, la amiga de toda la vida de mi madre y un amigo de Robert, los cuales sirvieron de testigos de boda. Fue un mes de locura.

-A estas alturas de la vida, no necesito sino a la persona que celebrará la ceremonia, al novio, a mi hija querida y a mi nuevo hijo, Pierre, decía mi madre cuando le preguntaban por los detalles de su próxima boda.

Habíamos ya acordado que nuestra boda por la Iglesia tendría lugar en Francia. Yo estaba tan emocionada con todo lo que estaba sucediendo! Sentía que me casaba con el hombre que amaba; además me iría a vivir a otro país, algo que siempre había deseado.

La personalidad de Pierre y la delicadeza de su trato, me hacían sentir segura y protegida. No creo que hubiera podido pedir más. Sólo me faltaba el vestido.

Mi madre me propuso comprarlo juntas; nos llevó un día entero buscar algo apropiado para la ocasión y fue en la última tienda que visitamos que lo conseguimos. Este era de color blanco satinado, hombros descubiertos, estrecho al cuerpo revelando lo necesario para hacerlo clásico, elegante y seductor; con vestido en mano, todo estaba listo y en algo más de una semana se llevó a cabo la ceremonia que aconteció tres días después de la boda de Robert con mi madre.

La ceremonia por el Civil y la celebración, ambas tuvieron lugar en la casa de mamá. La decoración fue simple pero acogedora. Las flores adornaban todas las esquinas, y hasta en los árboles se habían colocado llamativos arreglos florales. Todo parecía un cuento de hadas. Los invitados que consistían en miembros de la familia y algunos amigos cercanos, no escatimaron sus elogios.

Yo radiaba de felicidad y durante la boda civil frente al juez, no podía contener las lágrimas. Pierre colocó un brazo alrededor de mis hombros y me dio un beso en la mejilla diciéndome… "Te amo". Sus palabras me hicieron llorar aún más. Nunca me había sentido tan querida. Todo terminó sin ningún contratiempo. Ahora ya era la esposa de Pierre Beaumont.

La familia de Pierre no era muy grande: estaba formada por sus padres y dos hermanas, y Pierre era el menor de la casa. Pierre quería introducirme a ellos antes de que yo llegara a París, y había coordinado varias conversaciones telefónicas a tales efectos. No fue nada fácil pues no todos hablaban inglés. Sin embargo, resultaron ser encuentros encantadores; todos podíamos entendernos ya que Pierre se desempeñaba como intérprete. Se trataba de gente muy agradable, entusiasmados con la elección de Pierre y la decisión de casarse, y prometieron ayudarlo con los preparativos para la boda eclesiástica.

Afortunadamente sólo quedaba un mes para graduarme en diseño gráfico, por consiguiente, tuve que quedarme en casa de mamá hasta esa fecha. Pierre regresaría sin mí y aprovecharía ese tiempo para finalizar el resto de los planes. Luego de mi partida a Francia ya casada por el civil, mi madre comenzaría su siguiente aventura, la mudanza a Vermont.

Al llegar a Francia fui recibida en el aeropuerto por Pierre que estaba acompañado por toda su familia. Me sentí abrumada por tal recibimiento y todos hablando en francés. Hay veces que no es necesario entender las palabras literalmente: escuchándolas con el corazón, yo podía sentir el afecto que cada uno de ellos me expresaba en esos momentos.

La Iglesia de La Medalla Milagrosa ubicada en el centro de París fue el lugar escogido por Pierre y su familia para efectuar la boda; estaba todo preparado para celebrarla dos meses después de mi llegada; yo ya me había encargado de llevar el atuendo necesario. Esa capilla tiene un encanto y una energía muy especial. Fue también una boda sencilla con un grupo pequeño: estaba la familia y los amigos de Pierre. Robert y mamá asistieron como invitados de honor. Dos bodas tan seguidas, y cada una de ellas tan especial que esto constituyó uno de los más lindos recuerdos de mi vida.

Al terminar todo, Pierre y yo nos fuimos de luna de miel a la Riviera Francesa, también conocida como *Cote D'Azur*, parte del litoral mediterráneo en el sureste francés. Las intensas aguas azules le dan su nombre y hacen de este lugar un espacio espectacularmente bello, el ideal para una ocasión tan especial. Resultó ser una luna de miel como toda chica desea tener. Pierre, que para aquel entonces trabajaba en el sector turístico, definitivamente conocía su negocio a la perfección y no dejó ningún detalle sin contemplar.

Una vez terminada la luna de miel, me encontré en mi nuevo hogar, hogar que había sido el domicilio de Pierre por muchos años, comenzando así una nueva etapa en nuestras vidas. Una vez establecida, lo primero que quise hacer fue comenzar a estudiar el idioma francés, una agradable actividad que me mantenía ocupada mientras me acostumbraba a la vida en este nuevo destino.

Sin embargo, necesitaba hacer algo más, disponía de mucho tiempo libre y aunque Pierre tenía una posición económica bastante holgada, yo quería sentirme útil. Así fue como decidí inscribirme en uno de los más reconocidos institutos de diseño en París. Recuerdo esos años como un tiempo espectacular. Estaba aprendiendo lo que tanto me gustaba: la moda, y esto llenaba mi corazón de alegría; además de que como ya contaba con estudios previos como diseñadora gráfica, se me hacía fácil el contenido que estudiaba y sabía que estas dos actividades se complementaban perfectamente para desarrollar mi futuro profesional.

Algunos de los compañeros de estudio terminaron siendo diseñadores reconocidos. Fue un tiempo maravilloso y emocionante en el que hice nuevas amistades. Los estudiantes venían de todas partes del mundo, con lo cual yo pensaba que esto me daría la oportunidad de viajar por distintos países y contactar a un gran número de personas de diferentes culturas.

El Padre Clifford obtuvo su dispensa para abandonar sus hábitos dos años después que yo había dejado el convento. Durante ese tiempo, tal vez hablamos un par de veces, una de ellas fue justo antes de mi partida a Francia ya casada con Pierre. En ciertas ocasiones, nos escribíamos cortas líneas con el simple objeto de mantenernos en contacto. El quería que yo supiera que él siempre estaría allí para ayudarme en lo que yo necesitara. Por motivos de trabajo no pudo asistir a nuestra boda, pero su alegría por mi felicidad fue absoluta. Nos hizo llegar un libro que había escrito durante su tiempo como clérigo donde hablaba de las experiencias vividas durante todos los años de servicio a Dios.

Volviendo al tema de mis estudios, a Pierre le encantaba que hubiera encontrado una actividad que me mantenía ocupada y que además disfrutaba enormemente. El, por su trabajo pasaba largas horas en la oficina, y cumplía con sus viajes de negocios que algunas veces hacía que se ausentara por semanas. Yo lo extrañaba muchísimo pero estaba agradecida de que yo tuviera la oportunidad de estudiar ya que me llenaba el tiempo y las horas de soledad. Luego de graduarme, comencé a trabajar en una empresa internacional de manufactura de vestidos de alta calidad en París.

En mis momentos de reflexión miraba hacia atrás y me resultaba difícil imaginar que pudiera haber permanecido casi dos largos años en un convento. Pero siempre había una vocecita interna que salía al rescate y me decía… —por alguna razón estuviste allí. Tal vez no lo entiendas ahora, pero algún día lo sabrás.

También pensaba que, además en ese tiempo, conocí a Clifford quien me enseñó tanto y me ayudó a superar momentos difíciles en mi vida. Por cierto, que un día estando en la oficina, vino su nombre a mi mente y tal fue la transmisión de pensamientos que en ese mismo instante repicó el teléfono y era Clifford. No había hablado con él en meses, por eso al oír su voz me emocioné al punto de que todos en la oficina se dieron cuenta de mi alegría y luego me confesaron que habían pensado que se trataba de algún pretendiente.

—Allyson, mi niña, ¿Cómo estás? Te debo disculpas por haber dejado pasar tanto tiempo sin llamarte.

—Clifford, no tienes que disculparte. Pueden pasar mil años, pero al oír tu voz nuevamente es como si estuvieras aquí desde siempre. ¿Dime desde dónde llamas? Se oye tan cerca.

—Llegué ayer en la tarde a París. Estoy muy cerca de tu oficina, si es que aún estas en la misma dirección que mencionaste la última vez que hablamos.

—Espera, espera, ¿Dices que estas aquí en Francia? Y se puede saber ¿Qué estás haciendo aquí? ¿Es que acaso te casaste y estás de luna de miel?

—Lo decía en broma, sin embargo, un grato sentimiento de lo que yo había sentido por él en mi tiempo de novicia, cruzó mi mente. Me disgusté por haber pensado en ello ahora en mi condición de mujer casada, pero bien, me dije a misma, soy humana después de todo, en ese entonces yo era una chiquilla pensando en el amor.

—¿Casarme? ¿A estas alturas de la vida? No, Allyson, he venido por trabajo. Pero ¿Por qué no hablamos personalmente?

—¿En dónde te estás hospedando? le pregunté, pero acto seguido le dije —No importa en donde estés, ve, y recoge tu equipaje pues quisiera te quedaras con nosotros. Pierre me ha escuchado hablar tanto de ti que le encantará conocerte.

—Bueno ya hablaremos de eso. ¿A qué hora sales del trabajo?

—Estaré en la puerta a las 4:00 p.m. en punto. ¿Sabes cómo llegar?

—Tomaré un taxi.

—Bien, te veo más tarde, y Clifford, ¡Qué alegría tengo!

—Yo también, fue su respuesta.

Estaba impaciente por que llegara la hora de encontrarme nuevamente con él, y las 4:00 p.m. en punto salí de prisa de la oficina, toda emocionada al pensar que al llegar abajo vería la cara de Clifford entre las personas en la calle, y allí estaría el, mirándome con esos ojos dulces y calmados, con esa sonrisa que sólo Clifford tenía. Él no era lo que llamarían un hombre buen mozo tomando en cuenta los "estándares" de las revistas de modelos, pero tampoco pasaba desapercibido. Era bien parecido a su manera. Tenía un cabello abundante y oscuro con algunos rayos blancos repartidos por toda la cabeza. Era delgado y de facciones finas, con unas cejas pobladas, y ojos de color verde azulados. Sus labios gruesos, yo los llamaba "suculentos", de sólo pensar eso, no podía evitar reírme. Recuerdo que una vez se lo comenté y al mismo tiempo que le decía eso, me ruboricé. A él le pareció gracioso… bueno después de todo sabía que sin importar lo que yo dijera o hiciera, siempre contaba con su aprobación.

Me paré en la acera, buscando su mirada entre la gente y no lo veía, caminé por las cercanías para ver si se había perdido y tampoco lo encontré.

—Dios mío, que pasó? ¿Dónde esta Clifford? Esperé durante una hora entera. La preocupación y el dolor de pensar que algo grave hubiera ocurrido me tenían al borde de la desesperación.

Cuando ya estaba casi por irme, repicó mi celular: era él.

—Allyson, disculpa que te haya hecho esperar, pero algo inesperado ha ocurrido y necesito cancelar nuestro encuentro. Vete a tu casa y te llamaré mañana.

"Mañana" llegó y no supe nada de él. No tenía la menor idea de cómo empezar su búsqueda. Hice varias llamadas por el teléfono que había quedado grabado en el mío, pero sin respuesta. Ahora recordaba que no hubo mención del hotel donde se hospedaba: él sólo había dicho que venía por trabajo.

Le conté a Pierre lo sucedido y juntos fuimos a la estación de policía más cercana. Reportamos el acontecimiento y prometieron informarnos si lograban dar con su paradero. La policía tampoco puso gran interés puesto que al final no estaba reportando a una persona desaparecida sino sólo a alguien que no acudió a una cita.

Era tanta mi preocupación que hasta contacté a la Madre Superiora en el convento. Por supuesto que ella estaba muy sorprendida con esta llamada, pero dijo no tener ninguna información sobre Clifford.

En los días siguientes hice todo lo que la policía indicó: avisos en la prensa, fotos de él en lugares públicos, llamadas a todas las personas que pudieran conocerlo. Además de eso, como era habitual en mí, cada vez que me enfrentaba a una situación difícil, rezaba constantemente. La intuición me decía que él estaba vivo. Era un sentimiento que sólo yo podía entender.

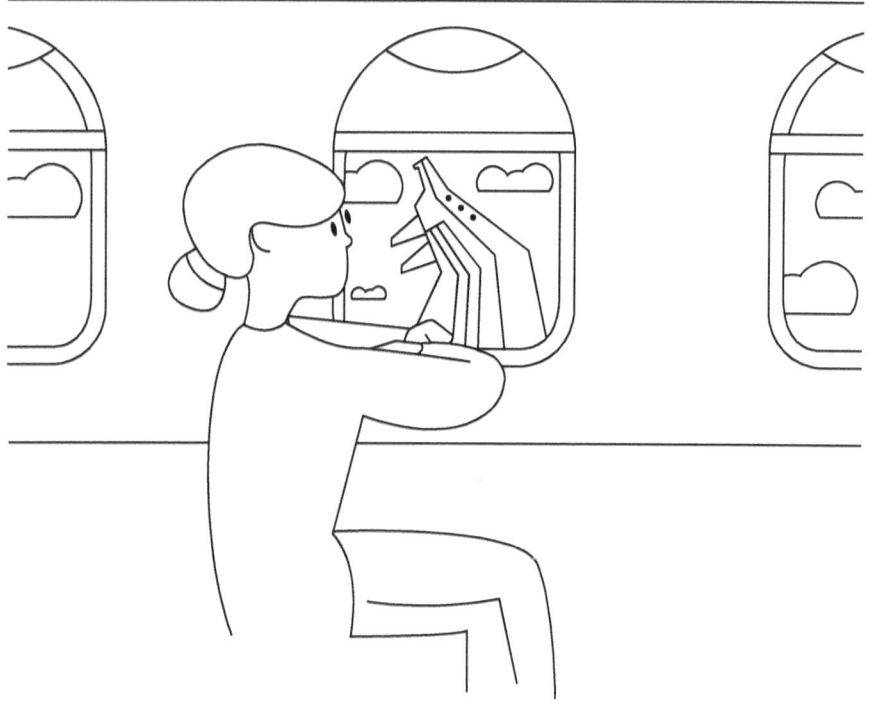

Capitulo III

Cambios Sucediendo.
Nuevamente, Tiempo de Partida

"Lo único que conocemos verdaderamente es el ahora; en realidad nunca conocemos el pasado o el futuro".

—Rupert Spira

Algo estaba sucediendo en mi vida a lo cual no podía encontrarle una explicación lógica. Las cosas estaban cambiando sutilmente, y ya no era sólo en nuestra relación de pareja. El tema de los hijos rondaba en nuestras mentes como un fantasma afectando nuestras vidas. Tanto Pierre como yo deseábamos tener familia, sin embargo, después de muchas visitas a especialistas en fertilidad y múltiples tratamientos fracasados, desistimos de la idea de ser padres. La frustración crecía hasta el punto de que

Pierre sugirió que adoptáramos un bebe. Yo no estaba de acuerdo con esa opción. Quería tener un hijo propio.

Supongo de que por haber sido yo adoptada, existían miedos ocultos que pesaban sobre mi consciencia impidiendo que tomase la determinación de aceptar la sugerencia de Pierre. Aunque tuve la gran suerte de que mi destino fuera ser recibida en una familia que me proporcionó muchísimo amor, siempre quedaron dudas y temores al respecto flotando en mi mente y una soledad incomprensible en mi alma. Eso me llevaba a deducir que, el niño que adoptáramos nosotros crecería con los mismos miedos. Entendía que mi identidad femenina se había centrado casi exclusivamente en cumplir el sueño de ser madre y tal vez el no poder cumplir con esa "misión" me impulsaba a buscar otros rumbos.

Yo era feliz con Pierre; el entendía la situación y estaba conmigo al cien por ciento. Sin embargo, en lo más profundo de mi corazón, yo sentía que lo estaba privando de la satisfacción de tener descendencia.

Esa duda me mantenía en zozobra. Estaba segura de ello, aunque él lo negaba rotundamente cuando yo insistía de que yo no lo hacía feliz.

Me sentía confundida y me preguntaba, ¿será que la vida hubiera podido ofrecerme otras experiencias que no llegaron por haber estado unos años en el convento y luego haber decidido casarme tan pronto, tan joven?, ¿Será que ahora necesito

rediseñar un proyecto de vida para mí misma? Sólo había conocido a un hombre en mi vida: Pierre, y pensaba que no sabía
cómo determinar si ese era el amor verdadero, puesto que con
la poca experiencia vivida no tenía forma de compararlo con
otras experiencias. ¿Será que me enamoré del amor? ¿Será que
hay algo más que aún no conozco?

Pensaba que tal vez estaba atravesando por cambios físicos,
psicológicos y emocionales en relación conmigo misma y con
los demás. Todo esto me preocupaba robando mi paz interior,
y como es lógico también estaba haciendo mella en nuestra paz
como pareja. Pierre estaba trabajando más que nunca. Tenía
no sólo su propia compañía de consultoría para empresas internacionales, sino que también lo había contratado un consorcio
muy reconocido en Francia dedicado al desarrollo de viviendas
en países subdesarrollados, y se había ganado una alta posición
de ejecutivo allí. Casi no pasaba tiempo en casa debido a sus
múltiples responsabilidades que involucraban cada vez más viajes
al exterior.

Sus hermanas se daban cuenta de la frecuencia de su ausencia y del tiempo que yo pasaba sola. Ellas eran de verdad muy
amables conmigo y hacían lo posible por distraerme. Aunque
mi trabajo -que yo adoraba y que llenaba gran parte de mis días
-era mi salvación, cuando llegaba a casa, la añoranza que sentía
por Pierre era agobiadora. Yo era una asidua invitada a las casas

de la familia para cenar, y me involucraban en las actividades de los fines de semana cuando Pierre no estaba. Sin embargo, ya ellos comenzaban a notar de que algo nos estaba ocurriendo, y en varias ocasiones mantuvieron conversaciones con Pierre al respecto, haciéndole saber que debía tomar cartas en el asunto y pasar más tiempo en casa.

Hay veces que en la vida de pareja llega una etapa donde los caminos se separan. Las necesidades ya no son las mismas. Con nosotros estaba sucediendo precisamente eso. Aunque aún nos amábamos, la vida nos estaba llevando por sendas diferentes.

Yo ya tenía 31 años, edad típica en esos tiempos en la que una mujer ya ha estado casada por varios años, y con uno o más hijos. Sin embargo, yo ahora me hallaba pensando en comenzar una vida nueva independiente y sola, una búsqueda que ni yo misma sabría adonde me llevaría. Una vez más tuve la misma sensación vivida por aquella tímida jovencita parada en la puerta del convento esperando un taxi.

Contraté los servicios de una psicóloga. Necesitaba hablar con alguien... contarle las penas, angustias, tristeza y sobre todo el aturdimiento que invadía todo mi ser.

Evidentemente fue una gran ayuda hablar con ella. Yo esperaba con ansiedad el día de la semana en que teníamos nuestra cita para desahogarme. Y aunque las conversaciones que manteníamos durante la consulta eran de gran ayuda, la sensación de paz

con la que salía de su consultorio duraba muy poco y rápidamente volvía a enredarme con las mismas preguntas. ¿Qué voy a
hacer con mi vida? ¿Estaré haciendo lo correcto? ¿Adonde voy a
ir? ¿Adonde viviré? ¿Permanezco en Francia o regreso a Estados
Unidos? He estado tanto tiempo afuera del país que ya ni amistades tengo allá. Solamente mamá reside allá y ahora es diferente
ya que ella está casada nuevamente. Yo no quería crearle ninguna
preocupación a mi madre, aunque sabía que ella siempre estaría
dispuesta a ayudarme, pasara lo que pasara. Fue el tiempo más
difícil de mi vida. Así pasaron los días, los meses y ese día tan
temido llegó a partir del cual ya no habría regreso.

Un año después Pierre y yo definitivamente tomábamos
rumbos separados de una forma cordial. No podía ser de
otra manera,: él y yo siempre estaremos unidos, aunque de
forma distinta y los dos lo sabíamos. Cualquier separación,
por más amistosa que sea, es un duelo emocional. Sabía que
tenía que ser fuerte. Necesitaba volver a la fe que siempre me
había acompañado.

Ahora, ya con todos los trámites pertinentes terminados, la
fecha de la partida se volcó sobre nosotros súbitamente envolvié-
ndonos en una devastadora tristeza emocional. Nos encontrábamos en el aeropuerto esperando nuevamente abordar un
avión, pero ahora sería el que me llevaría rumbo a otro destino,
es decir, de regreso a los Estados Unidos.

—Allyson, pase lo que pase, sabes que tienes un lugar muy especial en mi corazón. Y con su voz varonil y suave al mismo tiempo susurró a mi oído:

—Siempre estaré allí para ayudarte – fueron las últimas palabras de Pierre dándome un tierno abrazo de despedida. Tenía lágrimas en los ojos. Y yo también. Oh, Dios, qué nos pasó? ¿por qué tuvo que terminar así?

Creía estar viviendo un mal sueño. El dolor que sentía en lo más profundo de mi ser por esta separación era arrebatador, y así se lo hice saber. Le dije que lo extrañaría muchísimo por toda una vida, y que yo siempre también estaría allí para él.

Con voz entrecortada y tratando de contener mis deseos de llorar, me colgué a su cuello como tantas veces lo había hecho, y lo besé tiernamente. Podía sentir el aroma de su colonia. Recordé el día que yo le había regalado esa colonia que tanto le gustaba y que nunca dejó de usar.

Nos acercamos al mostrador a recoger los pasajes.

—Aborde por la puerta número 7, me dijo la señorita. El vuelo sale puntual. Aquí está su pasaje. *"Bon voyage"*

Sentí que las piernas temblar de miedo. Quería correr, llorar, gritar, decir "lo siento". El corazón latía fuertemente cortándome la respiración. Las lagrimas nublaban a mis ojos haciendo difícil poder ver claramente. ¿Cómo voy a encontrar la fuerza para abordar el avión?, pensé.

Pierre notó lo que estaba sucediendo y calmadamente dijo:

—*Mon amour,* uno de los términos cariñosos con los cuales él de costumbre se dirigía a mí, respira profundamente. Por favor, llámame tan pronto aterrices. Estaré esperando tu llamada.

Ya montada en el avión, tragué grueso, sin saber si lo que sucedía era un final o un comienzo. Estaba confusa y asustada. No era posible parar las lágrimas corriendo por mis mejillas y con disimulo las secaba con el pañuelo que Pierre con mucho acierto había colocado en el bolsillo de mi blusa. Ahora ya no puedo mirar hacia atrás, sólo puedo continuar, me dije.

Nueve horas largas de vuelo: serían las más largas de mi vida. Los turbulentos pensamientos sobre el futuro seguramente se reflejaban en la cara, tanto así que la aeromoza amablemente se acercó hasta mi asiento a preguntarme:

—¿Le puedo ofrecer algo de tomar?

—Yo no contesté. Estaba abstraída, ausente de todo lo que me rodeaba. No escuché su voz, sólo un susurro. Creí que hablaba a otra persona.

—Señorita ¿Le puedo ofrecer algo de tomar?, repitió con un tono un poco más alto.

—Si, disculpe; no la escuché. Quisiera un vino blanco, por favor.

Necesitaba algo para calmar los nervios. Podría haberme tomado la botella entera, pero me causó cierta timidez ordenarla.

Había tomado la decisión de no regresar a casa de mamá; por un lado, estaría más cerca de ella, pero por otro, no quería entorpecer su nueva vida con Robert. Ellos ya tenían sus rutinas y aunque sabía que yo no sería una molestia, también estaba convencida de que ellos sacrificarían algunas de sus actividades para atenderme, así que decidí instalarme en Nueva York, una ciudad en la que no tenía ninguna persona conocida, pero en la cual confiaba adaptarme con facilidad.

Lo mejor sería hospedarme en un hotel por el tiempo necesario hasta encontrar un apartamento en la ciudad. Habían tantas cosas que tendría que resolver al llegar. Y no tengo a nadie, fue lo primero que pensé comprendiendo que esta circunstancia formaba parte de un momento cumbre en mi vida.

Apreté con fuerza una cadena con una imagen religiosa que mi madre me había regalado y que siempre llevaba conmigo, y le pedí a Dios:

—Por favor, déjame sentir tu presencia a mi lado.

Capitulo IV

New York, New York

"No hay piezas adicionales en el universo. Todo el mundo está aquí porque él o ella tiene un lugar que llenar, y cada pieza debe encajar en el gran rompe-cabezas".

—Deepak Chopra

Hacía dos meses desde que yo ya había regresado de Francia. Me sentía afortunada por haber conseguido un pequeño apartamento muy bien situado en Greenwich Village.

Greenwich Village es una gran área residencial en el lado oeste de Manhattan. El barrio está rodeado por la calle Broadway al este, el río Hudson al oeste, la calle Houston al sur, y la calle 14 al norte. Se le conoce también como West Village, (la Villa del lado Oeste). Es una zona íntima con un ambiente muy europeo; allí se encuentran edificios bajos, muchos de ellos de color ladrillo, y cuenta con una gran variedad de restaurantes y tiendecitas pequeñas. Es una zona simplemente adorable.

El apartamento estaba ubicado en una planta baja, con una ubicación céntrica excelente. El edificio era de sólo cuatro pisos, justo como yo deseaba que fuera puesto que no me agradan los edificios altos de muchos apartamentos. Un parque con árboles majestuosos y flores de miles colores estaba a sólo pasos de mi nueva vivienda.

Lo primero que hice luego de instalarme en el apartamento fue tomar un tren e ir a visitar a mi madre. ¡Como la había extrañado!… Fue una gran alegría ver lo feliz que estaba con Robert. Los dos disfrutaban de esta nueva etapa en sus vidas: eran libres y aún jóvenes para aprovechar con plenitud la multitud de actividades que se les presentaban. Ella estaba afligida por mi separación de Pierre y no podía entender cómo habíamos llegado a tomar esa decisión. Ella lo adoraba, y deseaba tanto ser abuela. Sin embargo, su apoyo incondicional para conmigo representó una gran lección de amor. Como siempre, éste resultó ser un encuentro muy entrañable; yo necesitaba de sus cuidados, me sentía vulnerable y quería contarle con detalle cómo se habían sucedido los hechos y también quería tranquilizarla y decirle que Pierre y yo habíamos terminado como muy buenos amigos y que cada uno de nosotros lo superaría, y que después de esos días regresé a Nueva York puesto que era el momento de arrancar esta nueva vida.

Tan pronto me instalé en el nuevo apartamentito, conocí a la vecina que se llamaba Mara. Nos hicimos amigas de forma instantánea. Pensé que seguramente nos conocíamos de vidas pasadas, pues la atracción fue mutua e inmediata. Esta era siempre la explicación que yo le daba a todas las cosas que no tenían una razón clara. Sentía que podía confiar en ella. Es interesante observar cómo hay personas con las cuales tenemos una inmediata conexión.

"La amistad es como la luz que encontramos en un túnel
oscuro y nos acompaña hasta la salida"
—Martha Ginsberg

Conocí a Mara una tarde mientras caminaba por el parque. Ella estaba paseando a su perrito. Yo no puedo pasar al lado de una mascota sin querer hacerle un cariño. Así fue como Mara y yo comenzamos nuestra amistad.

—Hola, ¿Podría saludar a su perrito? Le dije

—Claro, él es muy amistoso y le gusta que lo saluden.

—Mi nombre es Allyson; acabo de mudarme a un apartamento cerca de aquí. Así que aún estoy conociendo el área.

—¿En dónde está tu apartamento? Me preguntó Mara.

Cuando le di la dirección, replicó sorprendida:

—Yo vivo en el mismo edificio. ¡Que coincidencia! ¿Será el de la planta baja? Sé que lo estaban alquilando.

Conocer a Mara fue una gran suerte. Ella se convirtió en una hermana: la hermana que nunca tuve.

Había estado casada y de ese matrimonio tenía un hijo que ya era un estudiante de medicina en una Universidad fuera de la ciudad de Nueva York, por lo que ella también vivía sola. Madre e hijo tenían muy buena relación. Con el paso del tiempo, fui conociendo a toda su familia cercana; la madre de Mara era una señora de un carácter muy dulce. Prácticamente ella me adoptó como a una hija, y yo feliz de que así fuera pues no tenía a mi madre tan cerca.

Una noche, a las pocas semanas de haber llegado, Mara y yo salimos a cenar. Qué alegría, salir y divertirme un poco, después de lo sola que me había sentido desde que había dejado París. Ahora la decisión era como vestirme, ¡Oh ya lo sé! Me pondré un pantalón jean con una blusa blanca y una chaqueta y, por supuesto, la bufanda que nunca debe faltar. Siempre me gustaba verme linda: creo que era una forma de ocultar mi timidez.

Mara era una persona muy social y conocía a muchísimas personas. Creo que a medio Nueva York. Esa noche Mara y yo nos íbamos a encontrar con varios de sus compañeros de su trabajo. Al llegar al punto de encuentro me presentó:

—John, Richard, Anabella, ésta es Allyson. Ella es la nueva vecina y compañera de travesuras.

—Allyson, bienvenida al club! dijeron todos al unísono.

—Gracias, es un placer conocerlos

—¿Qué haces en Nueva York?

—Bueno recién llegué de Francia, donde estuve viviendo durante diez años. Aún ahora no sé qué voy a hacer.

—Bien, mientras tanto, nos ocuparemos de que no te aburras.

¡Qué grupo tan interesante! pensé. Esa noche la pasé de maravillas. Uhm, tal vez pueda conocer a alguien atractivo entre todos los amigos de Mara. Uno en particular captó mi atención: John era su nombre. John no era parte del equipo de trabajo de Mara, sin embargo, los dos se encontraban a menudo para socializar a la salida de sus respectivos trabajos. John era sumamente atractivo, "Ya estoy pensando nuevamente en conocer a alguien románticamente," dije para mis adentros.

Tenía esa extraña pero común sensación de que después del divorcio de Pierre nunca más saldría de la tristeza que llevaba en el corazón. Las salidas con los amigos de Mara -con la excepción de John, a quien sólo vi esa primera vez con el grupo- se repetían con frecuencia y representaban una bendición, porque, aunque fuera por unas horas, me sentía parte de algo, y sólo cuando regresaba a la casa, nuevamente la soledad se hacía presente.

No sabía cómo enfrentar esa situación. Todo era nuevo. Había aprendido tanto a depender de Pierre que todo este mundo lucía extraño.

A medida que los días pasaban empecé una vida social aún más activa. Un amigo traía a otro amigo. Ya casi no pasaba una noche sola en casa. La mayoría de las tardes salíamos a cenar y durante los fines de semana el programa era asistir a discotecas a bailar o al teatro a ver algún show en Broadway. Y esto continuó hasta el punto de que me sentía extenuada. Una que otra vez tenía que declinar alguna invitación para poder dormir una noche completa.

Unas semanas después de aquel encuentro con los nuevos amigos, Mara me comentó que John estaba interesado en tener una entrevista conmigo ya que tenía un empleo disponible y había pensado que probablemente yo estaría interesada. Mara insistió en que acudiera a la entrevista con John

—No sabes lo que podrá resultar de eso, me dijo. —Tal vez te proponga un trabajo al que no puedas decir que no. Además, eso te ayudará a salir de la tristeza en la que te encuentras.

—Mara, tienes toda la razón, apartando todo lo demás, necesito conseguir un trabajo, le dije. Por cierto que Pierre me había abierto una cuenta bancaria con algún dinero para que yo dispusiera como quisiera, y también contaba con una asignación extra que él remitía puntualmente todos los meses, pero en algún momento podría querer desistir de esa ayuda.

—Bueno, amiga, no te olvides que estuvieron casados por muchos años. En cierta forma algo te corresponde. Además, por lo que cuentas, él lo hace con mucho cariño.

—Si, si ya lo sé, sin embargo, quisiera demostrarme que puedo hacerlo sola, que no necesito depender de nadie, le respondí.

Por fin, el día de la entrevista llegó. La oficina de John estaba situada en Manhattan, en una zona de gran afluencia, rodeada por entidades bancarias y una variedad de restaurantes, uno a continuación de otro. Tomé un taxi, le indiqué la dirección al chofer y subí en el asiento trasero. Sentía el corazón latir fuertemente y las manos me sudaban. Sabía que estaba nerviosa pero también muy curiosa por los resultados de ese encuentro. En camino a su oficina imaginaba tantas cosas. Pensaba en el pasado, pensaba en el futuro. No estaba en el presente. Sentía la necesidad de aquietar ese torbellino emocional por el que estaba atravesando antes de llegar al lugar. Lo único que deseaba era estar calmada para dar la mejor impresión en esa entrevista. Usando las técnicas de respiración aprendidas en el pasado, logré calmar la ansiedad antes de llegar al edificio donde se encontraba la oficina.

Llegamos a destino; le pagué al taxista, entré al edificio, tomé el ascensor y finalmente tenía las oficinas ante mi, ¡Qué oficinas!

pensé. Decoradas de forma lujosa reflejaban muy buen gusto, con pinturas modernas que adornaban las paredes, y con plantas muy bien seleccionadas que otorgaban un ambiente de ligereza y elegancia.

La recepcionista de forma muy profesional me acompañó hasta una de las salas de conferencias, y con mucha gentileza me ofreció asiento. Luego me trajo una botella de agua que yo le había pedido. Con la boca seca por los nervios, casi me tomé toda la botella antes de entrar.

Nuevamente me esmeré en seleccionar mi atuendo para esta ocasión. Quería que fuera apropiado para una entrevista de trabajo y un poco atrevido al mismo tiempo. Busqué en mi closet y escogí un traje de color rosa ceñido al cuerpo y una chaqueta corta abrazando la cintura que combinaba perfectamente con el vestido, balanceando de esa manera lo sexy con lo clásico. Y para terminar, zapatos de tacón alto que siempre proporcionan ese toque final al atuendo. Todo el vestuario del que disponía lo había adquirido durante todo el tiempo en que viví en Francia, y en su mayoría, provenía de la compañía donde trabajé durante años.

Pasaron unos minutos y John entró a la sala donde yo esperaba. Sólo lo había visto una vez cuando lo conocí en el grupo, aquella primera noche que salimos a cenar con Mara y sus compañeros de trabajo. Si antes parecía guapo, ahora podía decir que era guapísimo.

Los hombres tan guapos me producen cierto temor. Tal vez es producto de mi propia inseguridad. No puedo evitar imaginarlos teniendo muchas y variadas relaciones pues supongo que a otras mujeres también le gustan los hombres guapos.

—Hola Allyson, ¡qué gusto verte de nuevo! El color rosa te sienta muy bien, fue su comentario.

—Oh, hola, John, gracias. Igualmente es un gusto verte otra vez.

—¿Cómo te encuentras en tu nueva casa? Seguro que estarás saliendo mucho, especialmente con Mara. Ella conoce a mucha gente y sabe de muchos lugares para visitar.

—Ciertamente que Mara es muy popular y ha sido muy amable en asegurarse de que no me aburra y me adapte a esta nueva ciudad. Pero aún estoy familiarizándome con los alrededores.

—Sí, integrarse a una nueva ciudad lleva algún tiempo, pero espero que te guste lo que has conocido hasta ahora.

—Sí, estoy contenta de estar aquí. Por momentos, extraño París y lo que dejé allá, pero pienso que es normal.

—Bien, entonces creo que te gustará la que te voy a proponer.

—Tu viviste en Europa por muchos años, hablas varios idiomas, tienes la experiencia de haber trabajado en una compañía de vestidos de alta costura y además eres diseñadora gráfica. Pues déjame comentarte que se ha abierto una vacante en la compañía. La persona encargada de compras internacionales acaba de renunciar. Va a tener un bebé y quiere ser madre a tiempo completo. Estoy pensando en ti para ocupar esa posición. Este trabajo requiere que viajes con frecuencia hacia Europa: hay que ir a París, Roma, Londres y donde sea necesario.

Distribuirás el tiempo entre las oficinas de Nueva York y viajes al exterior. Al comienzo irás con un acompañante que te presentará a nuestros proveedores en Europa. El primer mes estará destinado por completo al entrenamiento hasta que te sientas cómoda haciéndolo tú sola. En ocasiones también debes hacer de modelo de los productos que promovemos, no en la pasarela, sólo que es importante que los incluyas en tu armario, y, déjame decirte tienes la figura ideal para eso.

Yo estaba escuchándolo atentamente. No podía creer lo que me decía. Tampoco quería mostrar la emoción que estaba sintiendo, pero estaba ¡MUY ENTUSIASMADA! Y de qué forma! Esto parece un sueño. ¿Qué le contesto? Yo tenía claro que aceptaría su oferta, sólo que no podía pronunciar palabra, pero todo mi ser pensaba "LO ACEPTO".

Estuve en silencio unos segundos. En esos momentos mis pensamientos volaban hacia Francia. Volvería a encontrarme con Pierre y con todos los amigos que dejé allá. Imagino que

John interpretó el largo silencio como un rechazo de su oferta. Inmediatamente dijo:

—Allyson, ésta es una posición muy exigente, pero los beneficios son muchos.

Entonces, él procedió a informarme con detalle sobre las condiciones económicas de la posición.

—A ver ¿Qué dices Allyson? Si hay algo con lo que no estás de acuerdo, lo podemos hablar.

En ese momento bajé de la nube en donde me encontraba y le respondí:

—John, tu oferta es muy tentadora. Creo que me gustaría formar parte de tu equipo.

Él se sonrió de oreja a oreja. Era más guapo aún cuando sonreía. Internamente me preguntaba, ¿Será que tiene novia? ¿Cómo será haciendo el amor?

—Bienvenida, Allyson. Estoy seguro de que te sentirás muy bien trabajando aquí. Mañana tendremos los documentos listos, y es necesario que vengas para formalizar tu ingreso. Quisiera proponerte que empieces en dos semanas. Eso te dará algo más de tiempo para establecerte en la ciudad. Las primeras dos semanas estarás aquí en la oficina donde te entrenaremos.

Nos despedimos con un abrazo. No muy típico en una relación de jefe a empleada, pero imagino que esto ocurrió por la familiaridad que los dos tenemos con Mara. Debo confesar que fue el primer abrazo que recibía de un hombre en bastante tiempo, y me sentó muy bien.

Decidí regresar a casa caminando: tenía tanta energía por lo que acababa de ocurrir que un paseo me vendría excelentemente bien para calmar las emociones que acababa de vivir. Podía sentir la alegría en el aire, desde luego lo que yo emanaba era ilusión, felicidad y satisfacción: iba exultante. Notaba que mis pensamientos estaban centrados en John, y no en el trabajo que me acababan de ofrecer...

—Allyson, tienes que aprender que un abrazo no significa nada más que eso. ¿Cuándo vas a aprender a no enamorarte así de fácil, o creer que estás enamorada de alguien sólo por ser guapo? Estás entrando en otra etapa de tu vida. Ahora eres una mujer hecha y derecha, no aquella chiquilla que estuvo viviendo alejada del mundo en un convento por algún tiempo. Lo que pasa es que piensas que tienes que recuperar el tiempo que pasaste sin poder expresar tus sentimientos, me decía a mí misma mientras me dirigía a la casa.

Eran esos momentos de reflexión que a veces sin buscarlos saltaban de rincones escondidos en el alma, llevando pensamientos a volar a lugares y a personas lejanas. ¿Qué hago y adónde voy desde ahora en adelante? ¿Sería posible encontrar una bola de cristal que respondiera a esas preguntas? ¿Pero qué haría si supiera las respuestas y no me gustara lo que veo?

Lo más cerca que he estado a ver más allá de esta dimensión ha sido en mis sueños, especialmente uno que tuve en mi segundo año en el convento. En ese sueño experimenté una sensación de ligereza como si el alma y el cuerpo se hubieran elevado a dimensiones muy altas y podía ver al mundo desde arriba. Veía a las personas que amaba en la tierra. También podía conectar con mis padres biológicos y creía distinguir sus caras claramente. Eran sentimientos de felicidad lo que sentía y sabía que era amada. Amada por algo superior a mi misma. No tengo duda que había viajado a otro mundo y podía ver más allá del presente. A la mañana siguiente desperté con una impresión hermosamente inusual. De vez en cuando recuerdo con sublime placer lo que ese sueño me permitió experimentar.

Qué compleja es la mente humana! Por cuántas cosas pasamos mientras estamos en este mundo! Todo lo que aprendemos! Cuando vivía en el convento tuve la oportunidad de leer cantidad de libros de sicología. Aún más, estos libros habían atraído tanto mi atención que recuerdo que alguna vez me planteé la posibilidad de anotarme en la universidad para estudiar alguna carrera relacionada con esos temas.

Una vez de vuelta al momento presente, decidí pararme en una de las boutiques del camino y regalarme algo para celebrar el buen resultado de la entrevista. También pensé en comprar una botella de vino para celebrar con Mara, quien seguramente me estaría esperando muy curiosa por saber lo ocurrido. Efectivamente, así fue. Mara estaba en el balcón de su apartamento y cuando me vio venir, desde arriba y en voz alta dijo:

—Sube, te espero para que hablemos.

Ya ella tenía las copas de vino afuera como si hubiera anticipado mis intenciones. ¡Qué transmisión de pensamiento! Pensé.

Pasamos la tarde conversando y comiendo aperitivos que también había incluido en la compra para la celebración, y, por supuesto, acabamos la charla con la botella de vino.

—¿Qué te pareció John? Me preguntó Mara

—Es un tipazo, le contesté. No solamente es guapísimo sino que además tiene sex appeal. Es obvio que debe ser un hombre de negocios con mucho éxito.

—Es todo eso y también tienes que saber que es un picaflor. Dijo Mara y añadió: no, no, sólo te lo menciono para que estés advertida. Él va a tratar de llevarte a la cama muy sutilmente.

—¡¡¡Mara!!! Exclamé

—Es la realidad; lo intentó conmigo y con otras amigas.

—Ok, ya estoy advertida. Espero no caer en la trampa, aunque te confieso que traté de imaginármelo haciendo el amor, le contesté y nos reímos a carcajadas, como se ríen las amigas cuando se juntan a conversar sobre los hombres.

En ese momento sentí una gran complicidad con Mara, alguien que puede entender los eventos en la vida de los otros sin enjuiciar ni criticar, y sentí la necesidad de contarle sobre Clifford … procedí a relatarle algo de su vida y de lo mucho que el significó en la mía durante una importante etapa de mi existencia.

—Mara, todavía hoy día me pregunto, ¿Dónde estará Clifford? Con todos los nuevos cambios que me están sucediendo, no me había tomado el tiempo de seguir con su búsqueda. Creo que no sabría por dónde empezar. Hacía ya tanto tiempo que no nos comunicábamos y ahora poco sabía de lo que estaría haciendo. Me preguntaba si estaría compartiendo su vida con alguien especial; en fin, la información que tenía no era suficiente, pero no perdía la esperanza de recibir alguna noticia de él. Tenía el presentimiento de que de alguna manera algo sucedería y nos volveríamos a encontrar.

Lo que sí recordaba era el comentario que él hizo en una ocasión sobre el trabajo de misionero que llevaba a cabo en lugares remotos. Pero siempre me dio la impresión de que él no estaba muy dispuesto a comentar en profundidad de lo que se trataba ese trabajo.

Mis pensamientos volaron hacia aquel día en el cual nos íbamos a encontrar a la salida del trabajo. ¡Qué extraño como había sucedido todo! Después de no tener noticias de él durante tanto tiempo, había recibido su llamada y habíamos acordado vernos en unas pocas horas. No me dejó saber dónde estaba alojado ni cuánto tiempo estaría en París. Nada de nada. Era como si guardara algún secreto. "Si sólo pudiera comunicarme nuevamente con él", pensé.

Una vez fuera del convento, los dos habíamos mantenido comunicación como dos grandes amigos. Me contaba que no sabía lo que iba a hacer con su vida cuando dejara el sacerdocio, pero que estaba seguro de que no quería continuar siendo religioso. En nuestras conversaciones siempre hacía mención que le gustaría viajar nuevamente por el mundo como lo había hecho cuando era joven, y que sentía la necesidad de contactarse con personas de su pasado con las cuales había compartido algo de su vida, pero nunca mencionó con quienes. Ya no era el padre que me confesaba: era el confidente que me gustaría tener cerca ahora que estoy de vuelta en los Estados Unidos y que me siento sola. Clifford era muy inteligente: con él se podía conversar de cualquier tema. Había estudiado economía durante sus años en el monasterio; sabía utilizar su tiempo muy sabiamente.

De joven, Clifford tuvo una carencia de una relación afectuosa entre padre e hijo. Su padre era un hombre muy controlador, con quien no se podía conversar pacíficamente. Siempre terminaban en discusiones e insultos. Él lo subestimaba diciéndole que su opinión no valía nada. Hablaba de que su hermano mayor estaba involucrado en el negocio familiar y la intención de su padre habría sido que él también se desarrollara en la misma línea. Eso le había ocasionado grandes altercados en la relación con su padre, a tal punto que decidió escapar de su casa e irse a vivir con un amigo mayor que él que le ofreció alojamiento. Esa fue una época muy confusa para Clifford. Se sentía abandonado y rechazado por su propia familia.

Su amigo le había presentado a un grupo de jóvenes con valores que dejaban mucho que desear. Por un tiempo coqueteó con las drogas. La madre lo buscó y le pidió que regresara a la casa e hiciese las paces con su padre. Su adolescencia fue un período de mucho sufrimiento emocional. Pensó que la mejor manera de redimirse y de salir de ese hogar donde no encontraba felicidad ni paz era entregando su vida a Dios, y fue así como tomó la decisión de entrar en el monasterio en contra de toda su familia y, especialmente, de los deseos de su padre.

La vida en claustro, al igual que en mi caso, resultó no ser lo que en el fondo de su alma él esperaba que fuese. Sólo fue un escape de una juventud confundida y ansiosa por encontrarse a sí mismo. Yo únicamente esperaba que él hubiera conseguido lo que tanto deseaba para ser feliz y que hubiera podido superar toda esa negatividad que vivió en sus años de juventud. Era un hombre que siempre mantuvo la cabeza alta y el corazón abierto para ayudar a otros.

Mara me escuchaba atentamente y ni siquiera por un momento abrió la boca para interrumpirme. Fueron momentos de intensa compenetración y, al final de mi relato, se ofreció para ayudarme si yo, de alguna manera, quería continuar con la búsqueda de Clifford.

Yo sólo deseaba que él estuviera vivo. ¡Cuánto deseaba abrazarlo!, Pero ya no como el hombre por cual pensé por instantes que me había sentido atraída sentimentalmente, sino como a uno de esos pocos, pero verdaderos amigos que encontramos mientras recorremos solos el camino de nuestra historia.

CAPITULO V

Un Nuevo Trabajo

"No es lo que experimentamos, sino cómo percibimos lo que experimentamos que determina nuestro destino".

—Marie Von Ebner Eschenbach

Llegué diez minutos antes de la hora de entrada. John ya estaba en su oficina. Su bienvenida fue muy afectuosa, con los brazos abiertos y un gran beso en la mejilla, más de lo que yo esperaba.

Ese día yo me veía muy bien. El día anterior había ido a ver a Jack, mi estilista, a quien yo había conocido tan pronto llegué a Nueva York. Había decidido darle un nuevo look a mi larga cabellera. Jack había hecho un trabajo magnífico, colocando unos rayos dorados sobre el color castaño oscuro de mi pelo.

A esas horas en la oficina no había muchos empleados. John me introdujo a dos de sus asistentes. Percibí que uno de ellos, Victoria, me miró con cara de pocos amigos. Creo que no le gustó nada que yo me incorporara al equipo de trabajo. Definitivamente ella tenía una energía no muy agradable; y para colmo, ella era una de las personas encargadas de la orientación de mis nuevas funciones.

Ese primer día fue algo estresante. Victoria no permitió que yo estuviera sola ni por un momento. Me hizo cantidad de preguntas personales. Traté de ser diplomática y contestarle sólo lo estrictamente necesario. No creía importante suministrarle mucha información personal, por lo tanto no estaba dispuesta a hacerlo.

El trabajo por realizar mientras no estuviese viajando se resumía en lo siguiente: realizar presentaciones a los clientes de los productos nuevos que salían a la venta; escribir resúmenes de las opiniones de éstos sobre los productos y hacer sugerencias a la gerencia para mejorar la calidad y estilo de los vestidos. Tendría que pasar muchas horas fuera de la oficina realizando visitas, lo cual me alegraba muchísimo. Con eso tendría la oportunidad de manejar mi propio horario y no sería necesario oír los comentarios de Victoria con la que no parecía tener mucho en común.

Siempre he disfrutado de la compañía masculina. Me parecía que con ellos podía expresar mi sensibilidad sin ser juzgada. Además, tener a un hombre al lado despertaba mi feminidad. Pienso que las mujeres hemos perdido algo con el movimiento de la liberación femenina. Es cierto que también conseguimos mucho. El principal objetivo del movimiento feminista, como es el derecho de voto, la capacitación profesional, la igualdad de sueldos, la apertura de nuevos horizontes laborales y la igualdad de sexos en la familia, evitando así la subordinación de la mujer entre otras cosas, es entendible, pero al liberarnos, creo que eso también le hizo pensar a los hombres que ya no existía la necesidad de mostrar su gentileza, amabilidad y caballerosidad hacia una mujer, cosa que, en verdad hoy día, muchas mujeres tampoco lo consideran necesario. Yo, por el contrario, considero que es importantísimo que un hombre demuestre su faz gentil masculina. Cuando ellos muestran lo que pueden hacer por una mujer, es imposible no sentirse mimada.

John tuvo la amabilidad de invitarme a cenar para celebrar el primer día en el nuevo trabajo. Esa noche le dije que lo dejáramos para otro día pues estaba extenuada con tantas emociones y quehaceres de ese primer día.

—Ya habrá otros días John, le contesté.

—Espero que muchos más, fue su respuesta.

Su mirada sobre mi cuerpo me hizo sentir un poco incómoda. Podía ver en su oferta algo más que una simple invitación de celebración por el primer día de trabajo.

Sólo espero que esto no se vaya a convertir en algo inesperado y pueda poner en peligro el trabajo, fue lo que pasó por mi mente.

Llegué a la casa y como siempre busqué la correspondencia, pero esa noche no tuve deseos de abrirla. Me preparé para ir a la cama más temprano de lo usual. El cansancio me vencía, los ojos se me cerraban, me quedé dormida inmediatamente sólo para despertarme un par de horas después, pensando en todo y en nada; no lograba detener mis pensamientos: éstos daban vueltas y vueltas imposibilitándome el volver a dormir. Busqué la correspondencia y empecé a abrir las cartas pensando que de esa forma llegaría a un punto de agotamiento que me permitiría volver a la cama.

El primer sobre que tomé en mis manos no tenía el nombre del remitente. Sentí curiosidad y lo abrí de primero. Oh, Dios mío… sentí que mi corazón empezó a palpitar fuertemente y las piernas me flaquearon. Tomé la silla que estaba mas próxima pues sentía que me desmayaba.

Era de una de las monjas del convento donde yo había estado. Recuerdo que la Madre Adelina no era una de mis preferidas; por algún extraño motivo, ella hacía que me sintiera incómoda, creo que era la forma en que fijaba su mirada sobre mí, y en que a veces se acercaba a mí -un tanto demasiado- cuando teníamos alguna conversación. Yo había tratado ser una buena estudiante y respetuosa con todas y cada una de las hermanas y novicias en el convento, pero en cuanto a ella, más bien trataba de evitarla.

Casi cuando faltaba poco para la salida del convento se rumoreaba que la Madre Adelina sentía algo por mí, pero no como alumna, sino como mujer. Había escuchado que esas cosas eran muy comunes en situaciones donde las personas se deciden por el celibato. Yo, por mi parte, con la inocencia de una joven de dieciocho años estaba empezando a descubrir cosas de las cuales antes no tenía ninguna idea. La verdad es que esos comentarios también habían sido un detonante más en mi deseo de no tomar los hábitos. No se trataba de discriminar a la hermana por sus sentimientos, por el contrario, yo pensaba que todos somos humanos y que los sentimientos no se eligen, sino que sólo se viven. Pero no puedo negar que esa situación me incomodaba.

Para ese entonces yo ya quería enamorarme, casarme, tener una familia, pero de la única manera que conocía de hacerlo era con un hombre. Para realizar esos sueños debía volver a la vida laica. Ahora empezaba a entender muchas de las situaciones, palabras pronunciadas, miradas secretas, rumores incómodos que iban y venían, mientras yo estuve allí. Sí, los seres humanos tenemos nuestras flaquezas que van con la naturaleza, y que se hacen visibles estemos donde estemos; aún en el lugar más sagrado ocurren estas cosas.

Continué leyendo el escrito y éste decía:

—Cuando usted se fue del convento hicimos una limpieza total de su habitación. Una de las novicias encontró un diario debajo del colchón de su cama. Me lo entregó. La curiosidad hizo que lo leyera. Sus palabras textuales decían:

"Estoy enamorada perdidamente del Padre Clifford. Al fin sé lo que es amar. Cuando lo veo siento el corazón palpitar a toda velocidad. Cuánto desearía besarlo. Dios mío perdóname pues sé que es pecado. Yo hice votos de celibato. ¿Pero cómo hago para olvidarme de estos sentimientos? Sé que él es mucho mayor que yo, pero eso no me importa." Cuando leí lo que había escrito, no pude evitar sonreírme. Me causaba gracia leer lo que había escrito hace ya tantos años cuando era una chiquilla.

¿Pero cuál era el propósito de la Madre Adelina de decirme esto?, pensé, entonces continúe leyendo:

—Han sido muchos años desde su partida del convento, pero sólo quisiera decirle que no sé lo que habrá sucedido entre ustedes dos si es que sucedió algo, pero necesito confesarle que yo me enamoré perdidamente también, pero de usted. Necesito confesarlo para encontrar el perdón por el pecado que he cometido.

Busqué un vaso de vino y tomé una copa. Necesitaba cualquier cosa a que me ayudara a calmar la angustia que sentía internamente. Eran tantas emociones, por un lado, pena por la Madre Adelina y, por otro, por la religión mal entendida, que en ocasiones conduce a esconder los sentimientos y nos hace creernos pecadores.

¿Cómo supo la hermana donde yo estaba? No lo sé, y no trataré de averiguarlo tampoco. Si ella necesitaba desahogarse de esa forma, me pareció bien que lo hubiera hecho. Yo no quería mirar al pasado. Esa era una etapa superada de mi vida. Mi tiempo en el convento fue una experiencia que me ayudó a crecer, a superar miedos y dudas sobre lo que yo era capaz de hacer y también de no hacer. Aprendí a valerme por mi misma y a tomar mis propias decisiones. No me queda duda alguna de que sirvió de mucho, pero eso no significaba que quisiera revivirla. Luego de leer la carta y de hacer mis reflexiones, ya no podía volver a la cama; además, ya estaba amaneciendo. "Me arreglaré para irme al trabajo más temprano, me dije a mi misma."

Ese día, la mañana estaba fresca y el sol comenzaba su ascenso lentamente. Una brisa suave movía las hojas de los árboles que yo podía ver desde mi balcón. Ya se podía sentir el final del verano cálido y húmedo que habíamos tenido. Por primera vez, podía yo usar esos lindos sweaters que siempre he disfrutado tanto al igual que las bufandas de seda al cuello.

Por suerte, esa mañana Victoria no había llegado temprano, lo que permitió que revisase lo que había aprendido el día anterior y que organizara mi nuevo escritorio. La oficina que me habían asignado tenía hermosos ventanales que permitían que la luz entrara: era una oficina confortable y alegre. Yo llevaba en una bolsa algunas piezas para decorarla a mi gusto y también portarretratos con fotos que tenían un significado personal. Pero cuando las coloqué sobre el escritorio algo hizo que las removiera tan rápido como las había colocado.

—No, no quiero que Victoria las vea y comience a interrogarme para satisfacer su curiosidad. Mejor las dejo en casa.

Llegó John como siempre vestido con corbata y blazer. Entró directamente a su oficina. Se le notaba algo preocupado. Sólo me dio un breve saludo moviendo su cabeza. Bueno, quién sabe que le habrá sucedido que está de *malas pulgas,* pensé yo. O a lo mejor no. Quizás simplemente tuvo una mala noche. Y ¿Por qué me interesa lo que pueda haber sucedido?, ¿Por qué estoy siendo tan curiosa? No pude evitar preguntarme. Estaba deseosa de saber cuándo empezaría a viajar a visitar a los proveedores.
—Recuerda que acabas de empezar, me decía para mis adentros.

Al poco rato él entró a mi oficina diciendo:

—Victoria tiene el día libre hoy. Si tienes preguntas, yo estaré a cargo. También puedes dirigirte a Daniel, el otro asistente

—Muy bien, respondí. ¡Qué bueno! pensé para mis adentros.

—A propósito, si te sientes mejor hoy, ¿Te gustaría cenar esta noche?

Tardé unos segundos en contestar mientras pensaba.

—Está bien John, gracias.

—A las 7:30 en el restaurante *Máximo.* Queda a cinco minutos caminando desde tu casa.

—Sí, ya lo he visto.

—Yo te acompaño de regreso para que no te vayas sola de noche.

—Bien, gracias.

Yo había visto el restaurante en las caminatas por el barrio, y una tarde decidí entrar para darle una mirada. El lugar era divino. La atmósfera lo decía todo. Música de fondo que era suave pero también bailable. La decoración era exquisita. Manteles blancos y orquídeas lindísimas en casa mesa. Los mesoneros eran todos guapísimos. Si la comida era tan buena como todo lo demás, entonces sería una noche espectacular. Además, conociendo a John, él sólo visitaba buenos lugares.

Llegué a la hora acordada a nuestro encuentro y él ya se encontraba en el restaurante esperando. Con su galantería habitual, arrimó la silla para que yo tomara asiento, un detalle fascinante. 'Hasta ahora, todo va muy bien" pensé. Luego movió la suya acercándola más hacia mí. Ordenó una botella del mejor Champagne y algunos aperitivos que con sólo verlos despertaban el apetito.

—A tu salud, Allyson. Por nuestra amistad y por tu nuevo trabajo. ¡Bienvenida!

—Gracias John. Todo un detalle invitarme a cenar para celebrarlo. Pienso que haces esto por nuestra amistad mutua con Mara.

—Lo hago con las personas que son de mi agrado.

En ese momento los músicos tocaban una melodía romántica deleitable. Él me tomó de la mano y con su sonrisa
seductora, preguntó:

—¿Bailamos?

—Sí por supuesto, le contesté sin dudarlo. Como iba a dudarlo
si lo que más deseaba era justamente eso.

La sensación de sentir sus brazos abrazándome al bailar era
electrizante, pero aún así no tan excitante como lo que había
sentido con Pierre cuando bailamos por primera vez; sin embargo,
lo estaba disfrutando con todo mi ser. Mi vocecita interna sutilmente me decía que lo mantuviera a distancia pues sabía que
si pasábamos a otro tipo de relación, lo más seguro era que lo
del trabajo no resultaría. Además, tenía la intuición de que esa
otra chica, Victoria, la de la oficina, podía tener algo con él. Por
supuesto, eran sólo suposiciones mías. Y mientras no estuviera
segura, iba a disfrutar del momento.

Cuando estábamos en lo mejor del baile, soltó su mano de
la mía y, con discreción, aumentó la distancia que había entre
nosotros. Pude observar que su mirada se enfocó en otra dirección. Con mucho disimulo volví la vista en la dirección hacia
donde él miraba, y, para mi sorpresa, Victoria estaba sentada en
una de las mesas con otra chica de la oficina. La pista de baile era
grande, y las otra parejas nos escondían entre ellas. Sin terminar
la canción, él, con prudencia, paró de bailar y se dirigió hacia

nuestra mesa que se encontraba al otro extremo del local. Nunca le dejé saber que yo también había visto a Victoria.

A partir de ese momento, la conversación no fue la misma e incluso su tono de voz sonaba distinto. Él se notaba incómodo, estresado y empezó a comer de forma compulsiva, acelerada y pronto abandonamos el lugar. Una vez fuera del restaurante, su actitud volvió a ser la del John de antes.

El camino a casa fue divertido; hablamos de muchas cosas y hasta nos reímos. Se comportó como todo un caballero hasta el final. Nos despedimos con un *"hasta mañana"*.

Una vez en el apartamento, y mientras me preparaba para ir a la cama, nuevamente comencé a hablar conmigo:

—Creo que lo que supongo es cierto. John debe tener algún tipo de relación con Victoria, claro, eso justifica que ella no pueda verme con buenos ojos. De ahora en adelante, no aceptaré más invitaciones de John. La intuición me dice que él es un Don Juan, ya Mara me lo había confirmado. Para mí, este nuevo trabajo es más importante que nada ni nadie en este momento, pensé.

Como hacía a menudo antes de dormir, tomé mi diario y comencé a escribir mis reflexiones:

Hoy fue el segundo día en el nuevo trabajo. Estoy comenzando una nueva etapa. ¿Qué cosas traerá la vida ahora?, ¿Conoceré a personas nuevas?, ¿Viajaré otra vez a lugares conocidos o desconocidos?, ¿Me enamoraré de nuevo? Hoy siento una gran conexión con todo lo que la vida me ofrece: la luz del día y la oscuridad de la noche. Tengo deseos de estar en una playa desolada y contemplar las olas del mar con su continuo y eterno movimiento disfrutando del sonido que emiten al romper en la orilla. Los pies tocando la arena, las nubes blancas con el cielo azul claro detrás de ellas.

Y en ese silencio escuchaba a esa vocecita interna que, con un tono dulce y suave, me decía: tu viniste a este mundo para expresar todo el amor que hay en ti, seguro que aparecerá alguien con quien compartir ese amor.

"Enamórate de ti primero, de tu vida, y ya tendrás tiempo de enamorarte de alguien más".

Salí de ese estado hipnótico en que me encontraba y me tomó unos minutos volver a la realidad. Pero ¿Qué es la realidad sino lo que nosotros mismos creamos? Oh, Dios mío, todo este asunto de la vida es tan complejo! ¿No puede la vida ser menos complicada?

—Mejor voy a dormir, ya se está haciendo tarde.

CAPÍTULO VI
Nuevas Vivencias

"La intuición de una mujer, es más precisa que la certeza de un hombre"

—Rudyard Kipling

hora a estas alturas de mi vida, comenzaba otro capítulo en la trayectoria de mi existencia. Tal vez una de las más frustrantes y que trajo consigo decepciones que nunca me hubiera imaginado. Desde niña siempre estuve enamorada del amor. Me conocía todas las películas de Walt Disney donde la damilla encontraba a su príncipe azul y vivían felices para siempre: ese tipo de películas en donde el romanticismo no se acabaría nunca. Soñaba despierta, y en mi imaginación volaba a lugares remotos e idílicos. Me dormía con la radio cerca de mí escuchando las canciones mas románticas del momento. De naturaleza muy sensible, lloraba con facilidad por el sufrimiento del otro. No me gustaba escuchar noticias tristes. Cuando en el jardín de la casa donde habitaba con mis padres, encontraba algún pajarito muerto sobre la grama, lo recogía y lo enterraba para que no lo comieran otros animales.

Me sentía sola y triste. Llegar a la casa y no tener a nadie esperando por mí, rasgaba mi alma. Mis amistades muy queridas que sabían de mis circunstancias no escatimaron recursos para presentarme a un número de posibles pretendientes para salir, divertirme y tal vez poder llegar a una relación estable con alguno de ellos.

Al comienzo todo parecía muy divertido, sólo que, al cabo de algún tiempo de conocer a la persona, los traumas de sus infancias eran proyectados en la relación y, por ende, esa relación se deterioraba.

En medio de la tristeza y decepción que experimentaba con cada encuentro frustrado, también aprendía cantidad sobre las diferentes conductas de nosotros, los seres humanos. Afortunadamente, por muchísimo tiempo yo había trabajado en mis propios traumas con terapistas y había estudiado cuanto aprendizaje estuviera a mi alcance. Me encantaba aprender cosas nuevas e innovadoras. Por ejemplo, entender qué es lo que nos lleva a actuar de cierta manera con nuestro prójimo y con nosotros mismos, cómo nuestras experiencias de vida en la infancia influencian y nos marcan para siempre. Si no las procesamos, serán siempre un obstáculo para un desarrollo emocional saludable. La vida es un continuo aprender y donde más se aprende es en las relaciones interpersonales, de pareja, en la familia. Entendía que todo al fin y al cabo se resume en una relación. Nos relacionamos con todo lo que nos rodea, con la naturaleza, con los animales, absolutamente todo en nuestra vida es una relación.

Hay personas que se estudian a sí mismas y otras que no tienen la menor idea de como hacerlo. Hay personas que son abiertas a conocerse y hay personas que no lo son. Cuando me encontraba en la presencia de personas que funcionaban desde un lugar de intención negativa, lo podía sentir en cada fibra de mi cuerpo. Lo que deseaba era alejarme de ellas. Entendía que hay veces que por obligaciones mas allá de nuestro control, alejarse por completo resulta un tanto difícil.

Se me ocurrió que sería buena terapia documentar los acontecimientos con cada noviazgo que tuve durante ese tiempo, y así lo hice. Recuerdo cuando conocí a Andrew. Andrew era un tipo muy galante, con un don de la palabra como muy pocos. Se conocía todas las líneas para hacerse atractivo y para atraer a las damas. Y ese don me atrajo a mí.

Nos conocimos en clases de baile donde los dos asistíamos con frecuencia. Bailamos muy bien juntos y era una sensación deliciosamente agradable estar en los brazos de un hombre con tanto carisma. Luego de varias sesiones de baile y una salida a cenar, en una de las clases cuando tocaban una música lenta, el me tomó en sus brazos y me estrechó hacia su cuerpo de una manera demasiado provocativa, lo que me hizo sentir un tanto incómoda, no porque no me agradara sino porque sentía que sus intenciones iban mas allá de lo que yo estaba lista para dar. Al rechazar su abrazo, él se sintió molesto y me lo dejó saber no muy cordialmente.

A los pocos días me invitó a cenar y yo le sugerí un restaurante italiano que era mi favorito. En un tono irónico me contestó diciendo: "Ese no era a donde pensé llevarte, además si tú no permites que te estreche cuando bailamos, no entiendo por qué tendría que complacerte"

Su respuesta y actitud fue ruda e infantil. Primera señal de alerta que no coincidían con sus palabras atentas y románticas que me decía al comienzo de conocernos. Luego de lo sucedido, decidí no aceptar más sus invitaciones.

Un tiempo después conocí a Brian. Brian era un hombre de negocios muy exitoso en su vida profesional que nunca se había casado. Fue una atracción instantánea lo que sentí por él. Comenzamos a salir muy a menudo. Visitábamos los mejores restaurantes de la ciudad. Siempre tenía un programa para divertirnos los fines de semana, lo cual me colmaba de alegría pues no tenía que estar sola en casa.

Nos llevábamos requeté bien, sólo que me daba cuenta de que él hablaba de su mamá constantemente, cosa que, al comienzo, me parecía muy sensible de su parte. No estaba segura si sus continuas atenciones hacia su madre eran debido a que era viuda, habitaba sola y, como único hijo que él era, se sentía obligado a prestarle más atención. Luego descubriría la verdad.

Un fin de semana yo tenía un programa preparado con mucha anticipación. Se trataba de un retiro espiritual donde pasaría dos días de esparcimiento y meditación, actividad de la cual él estaba enterado y que era parte de mi práctica diaria. Como él no estaba interesado, asistiría yo sola.

A sabiendas de mis planes previos, él compró entradas para asistir a un evento de equitación, deporte que él disfrutaba muchísimo.

"Brian, cuánto lo siento. Me hubiera encantado ir contigo a ese evento, pero creo haberte mencionado sobre mis planes para este seminario."

Aunque no estuvo de acuerdo, finalmente lo aceptó y se mostró comprensivo, actitud que le hizo ganar puntos por mi parte.

Al cabo de mes y medio de conocernos, sugirió presentarme a su madre. Aunque me parecía un tanto pronto, era un gesto muy lindo de su parte, pensé.

Cuando íbamos en camino a la casa de su madre, muy casualmente, me dijo:

"Por favor no hagas ningún comentario a mi madre de que tú asistes a esos lugares de retiro y que haces meditación. Ella es muy conservadora en sus creencias y no creo que le gustaría saber que estoy considerando muy seriamente a alguien que practica esas actividades"

Sentí como si una BOMBA explotaba en mi corazón. Muy pocas veces me alteraba, pero ese comentario me sacó de mis casillas y casi exploto. Como pude mantenerme centrada durante el tiempo que estuvimos con ella, aún no lo sé. Durante la visita pude observar el tipo de relación que existía entre madre e hijo. Estaba claro de que no es lo mismo que un hijo sea respetuoso y cariñoso para con su madre, pero lo que aquí existía, era un caso de "mamitis aguda".

Ya me podía ver con una suegra controladora y abusiva. Había escuchado tantas historias parecidas, donde la madre tanto del novio como de la novia resulta ser la tercera rueda en la relación. No, no, eso no era para mi. Con mucho dolor en mi corazón decidí que lo mejor era cortar por lo sano y terminar nuestro noviazgo.

Me tomó algún tiempo recuperarme de la ruptura de Brian pues fui feliz el tiempo que la pasamos juntos.

El siguiente en conocer fue a Eric. ¡Cómo olvidar a Eric! Fue el primero que no me resultó guapo a primera vista, sin embargo, tenía un cierto sex appeal.

Hasta tenía unas libras de más, y no me figuraba la razón, pues él practicaba mucho deporte. Uno de sus favoritos era el tenis y luego la bicicleta. Después de algunas semanas de estar juntos, entendí por qué tenía sobrepeso. Tenis y bicicleta eran su primera y segunda adicción, y la cantidad de licor que ingería, su tercera. Con eso y todo, sentía una gran atracción por él, hasta creo haberme enamorado. Al poco tiempo de estar juntos, se hizo obvio de que, entre el tenis, la bicicleta y la bebida, yo ocupaba el cuarto lugar en esa relación.

Al principio todo iba bien tal como siempre comienzan las relaciones, y sobre todo cómo las vivimos las mujeres cuando estamos enamoradas; incluso pensaba que todo iba a cambiar con el tiempo. La gran decepción tuvo lugar cuando decidimos por primera vez salir de vacaciones un fin de semana. Ese fin de semana fue trágico.

Fuimos a una zona de montaña cercana donde él había alquilado una cabaña para evadirnos del calor de la ciudad que en esa época del año se hacía inaguantable. Al fin, no tenis, no bicicleta, solamente los dos, pensé. El sábado por la noche salimos a un restaurante situado a cierta distancia del hotel y literalmente escondido en el centro de un hermoso bosque con muchos tipos de árboles, donde no se veían luces alrededor. La cena, la música y el ambiente, todo indicaba que iba a ser un fin de semana maravilloso.

Lo que ocurrió es que esa noche Eric tomó una bebida, dos, tres, la botella entera y otra más de postre. Al final de la cena ya no podía con su alma. Cuando trajeron la cuenta no encontraba su billetera. Era un espectáculo ver cómo sus manos angustiosas buscaban por todos los bolsillos. No pude contener una sonrisa, pero al mismo tiempo era penoso verlo en ese estado. No me quedó más remedio que ayudarlo a encontrar la cartera. De pronto, y para mi sorpresa, sus ojos se cerraron y su cabeza lentamente se inclinó hacia adelante hasta que aterrizó en la mesa. Dos mesoneros vinieron a asistirlo a levantarse pero como él no podía caminar lo llevaron hasta el carro y lo subieron al asiento de pasajeros. Como si fuera poca la vergüenza, ahora tendría yo que conducir de vuelta a la cabaña, y no tenía la menor idea de cómo salir de allí. La noche ya había caído y él estaba rendido y roncaba como un oso. Mis nervios afloraron de forma inmediata. No había recorrido mucho cuando decidí regresar al restaurante y pedir ayuda. Ningún empleado estaba disponible para guiarnos en el camino de regreso hasta la ciudad. Por lo tanto, decidieron llamar a la policía. Al cabo de un tiempo, que se hizo una eternidad, llegó un oficial de policía.

—No se preocupe señorita, no es la primera vez que tenemos que hacer esto.

Esa noche lo dejé durmiendo en el automóvil pues no había manera de despertarlo y la verdad tampoco me apetecía dormir con él.

Oh bien, todo se veía claro de forma instantánea, ahora entendía porque tenía sobrepeso, y por qué se había divorciado dos veces. Ese fue el final de la relación con Eric. Definitivamente, no me atraía la idea de estar con un tipo que estuviera casado con la bebida.

Poco tiempo después conocí a Gilberto. Gilberto tenía una sonrisa dulce y una voz sensual. Me encantaba escuchar su voz por teléfono. Casi todas las tardes, después de la jornada de trabajo, la pasábamos juntos, y de esa manera compartíamos muchas actividades. Era muy divertido y me hacía reír todo el tiempo. Las cosas iban de maravilla, sólo que seis semanas después de conocernos me hizo una propuesta mientras cenábamos en un restaurante. Lo estábamos pasando genial, cruzábamos miradas como dos enamorados. Él había ordenado las bebidas, y entre risas y una absorbente conversación estudiamos el menú. Luego de ordenar la cena, Gilberto me dijo:

—Allyson, tú y yo nos llevamos de maravillas, la pasamos requeté bien, no crees que podríamos vivir juntos en tu apartamento o en el mío. Ya nos conocemos y yo quisiera tener una relación más estable contigo.

—Gilberto, hace sólo un mes y algo que nos conocemos. Es cierto que la pasamos muy bien los dos, pero pienso que deberíamos esperar un poco más. ¿No crees?

—Ok, ya entiendo, eso es porque tú no sientes por mí lo que yo siento por ti.

—No se trata de eso Gilberto. Cualquier relación necesita un tiempo para que las dos personas se conozcan con más profundidad.

—La mejor manera de conocerse es viviendo en el mismo lugar y compartiendo la vida como si estuviéramos casados. Dijo en tono de voz muy serio.

-Tú y yo pasamos gran parte del tiempo en mutua compañía.

¿Qué tal si llegamos a un acuerdo en el cual los fines de semana tú vienes a mi casa y un día entre semana yo voy a la tuya, y luego cada tarde después de nuestros trabajos salimos a cenar o cocinamos en casa? Eso nos daría tremenda oportunidad de conocernos más", fue mi respuesta.

No dio ninguna contestación a mi proposición. El gesto en su cara y su reacción me hicieron sentir un tanto nerviosa.

La atmósfera ya no era la misma. Algo cambió en ese instante. Con voz suave y dulce, otra vez le hice saber que podríamos discutir ese tema más adelante.

Se levantó de la silla, tiró la servilleta con un gesto fuerte en la mesa y se fue. Me dejó sola en el restaurante. El camarero llegó con la comida, le pedí que la envolviera para llevarla a casa y que me hiciera el favor de traer la cuenta. No podía creer la actitud de Gilberto. Qué gesto tan humillante. Fue una sensación horrible. Los comensales de las mesas vecinas a la mesa nuestra no ocultaban su impresión y susurraban entre sí. Sentí un frío intenso que me invadió de pies a cabeza y las lágrimas resbalaron por mis mejillas. Lágrimas, que rápidamente sequé. El camarero un tanto avergonzado, preguntó si todo estaba bien y si necesitaba ayuda.

—No gracias. Oh bien, si pudiera llamar a un taxi se lo agradecería mucho, respondí.

—Por supuesto. Por favor, déjeme saber si necesita algo más.

—No, pero muchas gracias, le respondí.

Tomé el paquete con la comida y caminé hacia afuera a esperar el taxi que me llevaría a casa. Estaba perpleja. Las manos me temblaban por la emoción tan profunda de este evento.

Nunca me había ocurrido algo semejante. ¡Oh! bien, qué sabía yo de estas cosas. Así debe sentirse una joven cuando termina la escuela y empieza a vivir experiencias totalmente desconocidas y para nada agradables.

Llegué a casa y me tiré en la cama a llorar. Esa noche me resultó muy difícil conciliar el sueño. Sentía una gran soledad en el alma. Esperé hasta la mañana siguiente para llamar a Mara.

Al día siguiente, Mara y yo nos sentamos afuera en el balcón con una rica taza de café bien calentito que le preparé a mi querida amiga, mientras yo tomaba un té de menta. La temperatura era agradable. Mara trajo a su perrito, *Buddy,* el cual me adoraba y siempre que llegaba de visita corría a saludarme saltando sobre mis piernas y se quedaba allí mientras lo acariciaba.

Mara me preguntó:

—¿Algo te sucedió, cierto?

—Si Mara, respondí, y procedí a contarle lo que había ocurrido la noche anterior. Cuando terminé, su comentario fue:

-Amiga, eso indica una señal de alarma. Si pasó una vez, puedes estar segura de que pasará una y otra vez. Te lo digo por experiencia propia. Algo muy parecido me sucedió a mi hace algún tiempo con un novio que tenía. Yo no respondí a tiempo a esa señal pensando que todos tenemos derecho a una segunda oportunidad. Pero te digo que cada vez que ocurría, era más estresante hasta el punto en el cual desperté y decidí terminar la relación.

Allyson, continuó Mara, yo te aprecio muchísimo y no quisiera que te envolvieras con hombres que tienen tantos traumas puesto que ellos no te corresponden. A lo largo de la relación, si continuaras con ellos, seguirán surgiendo más motivos para actuar de forma displicente. Y te aseguro, que eso no te haría feliz.

Ya no necesitaba oír más. Mara estaba en lo cierto. Si eso ocurre en la etapa inicial de noviazgo, podía imaginar cómo sería cuando pasa el tiempo y la relación de pareja se vuelve costumbre.

Con eso y todo, quise darnos otro chance, tal vez entablando una conversación pudiésemos llegar a un entendimiento. Para mi sorpresa, Gilberto no fue capaz de disculparse por lo acaecido y con palabras duras me dejó saber que no entendía como era que yo no podía tomar su lugar y entender por lo que él estaba atravesando.

La verdad es que ya estaba harta de esos juegos controladores que se tienen en las relaciones disfuncionales. Ahora veía más claro que el amor de cuentos de hadas sólo se encuentra en los cuentos, esos en donde algún día el príncipe azul encontraría a su dama, la rescataría y ese amor sería para siempre. El verdadero amor, es ése que sabe esperar, que persevera, que tiene faltas pero que perdona, que comparte y en donde ambos respetan la individualidad de cada uno.

Los sueños infantiles de un amor de príncipe y princesa se iban desvaneciendo y algo diferente y más sólido comenzaba a tomar forma en mis pensamientos. Sólo que todo eso me hacía recordar a Pierre. Había tenido en mi vida a un hombre en todo el sentido de la palabra. Nada es perfecto, pero él estaba muy cerca de serlo. Y lo perdí. Lo perdí buscando algo que solo existía en mi imaginación. Sólo me quedaba el consuelo de que había sido realmente amada.

Irónicamente, de no estar atravesando por lo que últimamente he experimentado, no hubiera explorado la profundidad de sentimientos o comprendido la intuición de la manera en que ahora lo estoy haciendo. Entender que el amor comienza conmigo misma ha sido mi mayor tarea.

Con todas estas últimas relaciones románticas y por el miedo a la soledad se me ha hecho claro que estaba dando la responsabilidad a los otros por mi propia felicidad.

CAPITULO VII
¿Cuándo Comenzarán los Viajes?

"Una Buena Madre Vale por Cien Maestros".
—George Herbert

Le pregunté a John cuándo sería el primer viaje de negocios.

Ya comenzaba a sentir inquietud de estar todo el tiempo en la oficina, eso no se correspondía con la oferta inicial que me había propuesto.

—Estamos teniendo algunos problemas con unos cuantos clientes en Europa y hasta que no se resuelvan no hay viajes. Fue su respuesta.

Esa tarde al regreso de la oficina, necesitaba dar una caminata en el parque que estaba cerca de casa. Este es un lugar tranquilo y me transmitía tanta paz que disfrutaba muchísimo poder pasar tiempo allí observando la inocencia de las ardillas saltando de árbol en árbol. Tan sólo escuchar al silbido de las aves era como sumergir al alma en un mar de paz y reposo.

Una emoción melancólica invadió mi corazón. Se me humedecieron los ojos, y la imagen de mi madre brotó en mis pensamientos.

—¿Cuántas personas pueden decir que han tenido dos madres? Yo tengo la que me trajo al mundo y la que me acogió por amor. Hay gente que ni siquiera conocen a una. Recuerdo lo que mamá siempre decía:

—Hija, recuerda siempre que tú eres muy querida.

Tardé mucho tiempo en integrar esa reflexión ya que siempre la voz negativa asomaba a relucir con más fuerza opacando el sentimiento de haber sido querida, por el simple hecho de que fui adoptada. En mi percepción, *ser querida* y *haber sido dada en adopción* no eran compatibles.

—¿Cómo puedo sentirme amada si los padres que me trajeron al mundo no fueron capaces de quererme?

Toda la vida había sentido una carencia de algo y atribuía ese deseo loco de enamorarme y sentirme querida por un hombre al hecho de haber sido rechazada por mis padres biológicos.

Pensando en mamá, quise llamarla y preguntarle si podría ir a visitarla un fin de semana. Podría tomar el avión un viernes en la tarde después del trabajo y regresar a primera hora del lunes. Llegaría unas pocas horas retrasadas a la oficina, pero con tiempo de trabajo extra las recobraría. Seguro que John no presentaría ningún obstáculo , pensé.

Al comunicárselo, mamá *ipso facto* expresó su alegría por el plan de mi visita. Sin perder tiempo, hice las reservaciones. Últimamente no había tenido la oportunidad de verla y aunque hablábamos con frecuencia, nunca es lo mismo que sentir el abrazo maternal y ver sus ojitos jubilosos cada vez que me mira.

—Hija, ¡Que alegría tan grande cuando llamaste para anunciar que venías! Te he extrañado tanto.

—Y yo a ti, mamá. Tenía tantos de deseos de verte, abrazarte y de deleitarme con tu deliciosa comida.

—Robert estará fuera este fin de semana. Irá a un torneo de golf con su hijo a quien todavía no has tenido la oportunidad de conocer. Así que tenemos todo el tiempo para nosotras.

—¿Seguro que no se fue pensando en que yo venía y deseaba dejarte tiempo libre?

—No, no ya eso lo tenía preparado desde hacía algún tiempo. Es coincidencia que su ida concuerde con tu venida.

—Buenísimo. Aprovecharemos este tiempo para tener un fin de semana madre—hija.

Cuando se lo mencioné a John, mi jefe, él me dijo:

—Te doy el viernes libre para que aproveches más tiempo con tu familia. Has trabajado muy duro desde que empezaste. Además, debido a que es verano en Europa, la semana aquí está siendo un poco floja. Todos los clientes están fuera vacacionando.

—Oh, Gracias John, lo acepto con mucha gratitud.

Cambié la reservación sin ningún problema y el fin de semana siguiente estaba en camino a ver a mamá.

En el aeropuerto, estaba ella esperándome con una gran sonrisa. Me di cuenta de cuánto la quería. Nos abrazamos por un rato largo. El sentimiento era de una niña pequeña en los brazos amorosos de su madre. Tomé su mano y la puse sobre mi pecho.

—¿Puedes sentir los latidos de felicidad?

—Mi niña querida, fue su respuesta.

Llegamos a casa después de media hora de camino, en el que hablamos y hablamos sin parar como dos amigas que no se han visto en mucho tiempo.

—¡Qué bueno que tu jefe te ofreció el día libre! Robert y su hijo Roy se fueron ayer. Te enviaron muchos saludos. Roy lamentó que no te va a conocer. Le hemos hablado tanto de ti!

Mamá, como siempre tan detallista, me tenía una sorpresa preparada. Esa tarde fuimos al teatro y luego a cenar. La pasamos de maravilla. Qué bien se sentía estar con ella en un lugar tranquilo sin el ruido de las sirenas que constantemente se oyen en Nueva York.

Cuando estábamos cenando, mamá recibió una llamada de Robert. El torneo de Golf había sido cancelado por la amenaza de fuertes tormentas en el área. Ambos regresarían al día siguiente. Aunque no tendría mucho tiempo a solas con mamá, también me encantaría ver de nuevo a Robert y conocer a su hijo Roy.

La mañana siguiente amaneció con un sol espectacular. Yo salí temprano de la casa a correr para hacer algo de ejercicio. Luego desayunamos solas. Salimos de compras al supermercado para comprar lo necesario a los efectos de cocinar la cena en casa.

Sentadas en la mesa desayunando, mamá me preguntó:

—¿Cómo te va en tu nuevo trabajo hija?

—Todo bien mamá, es un trabajo interesante. John es muy buen jefe. Sólo que hasta ahora no hay viajes para el exterior. Lamentablemente, ya que ése fue el motivo por el cual yo acepté este trabajo.

—No te desesperes, hija. Todo llegará a su tiempo. —Dijo con su voz serena y con la experiencia de una persona que ha vivido más que yo.

—¿Te hace falta regresar a Francia?

—Sí, le dije sin titubear

—Sin inmiscuirme intencionalmente, pero tengo la curiosidad de saber. ¿Extrañas a Pierre?

—Sólo a ti te contesto esa pregunta. La verdad es que sí. Sabes madre, en el tiempo que he vivido en Nueva York, he salido bastante y he conocido a muchos hombres. Cada relación

terminó no muy bien que digamos ¡Qué especímenes he conocido! No vale la pena hablar de eso. Cuando pienso en Pierre
ahora puedo ver lo diferente que es a todos los demás.

—Así es, la vida es una continua experiencia. Tal vez es
algo que necesitabas aprender, lo cual no significa que no
conocerás a alguien que llenará tus ideales y tu vida. Mientras
tanto, continúa el día a día con la alegría que siempre te
ha caracterizado. El universo sabe cuándo es el momento
exacto. Y ahora ¿Qué te parece si nos vamos a cocinar
la cena?

Pasadas unas cuántas horas, escuchamos la puerta de entrada
abrirse y Robert y Roy entraron con un ramo de flores en
las manos.

—Nos paramos en el camino para comprar flores para estas
dos bellas mujeres, dijo Roy. Allyson, dijo Robert, demasiado
tiempo sin verte. Ven que te doy un abrazo.

—Allyson, este es mi hijo Roy. En todos estos años no hubo
la oportunidad de que se conocieran por uno u otro motivo
aunque los dos viven en la misma ciudad. Tal vez ahora que se
conocen pueden verse con más frecuencia.

Roy se acercó a mí y cariñosamente me dio un abrazo diciendo:

—Somos familia, un abrazo es permitido. Es un gran gusto
conocerte Allyson. Aunque a través de nuestros padres, sé
bastante de ti.

—Roy, yo también me alegro muchísimo de conocerte y de estar aquí.

Enseguida, todos pasamos a la cocina, el lugar favorito de reunión familiar.

—Mamá y yo estuvimos preparando algo para la cena, dije. ¡Yo estaba tan contenta de estar allí! ¡Me sentía tan a gusto con todos ellos! Conversamos e intercambiamos ideas sin cesar. Al cabo de un rato, Roy dijo:

—Me voy a duchar y prepararme para la cena. Sea lo que sea que están cocinando, esa comida despide un aroma delicioso.

—Yo haré lo mismo, dijo Robert. Ha sido un día largo. Ya sabemos lo que son los aeropuertos y los aviones.

Nuevamente nos quedamos mamá y yo solas en la cocina.

—Mamá, no te puedo decir la felicidad que estoy sintiendo; ella sonrió dulcemente.

Durante la cena ellos nos comentaron sobre sus aventuras durante el primer día en el torneo de golf. Hablamos de política y de viajes. Parecíamos niños que no se han visto en mucho tiempo y que tienen mucho que contar.

—¿Allyson, en que parte de la ciudad vives tú? me preguntó Roy.

—Vivo en Greenwich Village.

—Estupendo, un lugar perfecto con muchas actividades y buenos restaurantes.

—Si, es muy agradable vivir allí. ¿Y tú adónde estas?

—En Park Ave, cerca del Central Park. Aunque está muy céntrico, hay un nivel razonable de paz y tranquilidad. También hay muchos restaurantes frecuentados por habitantes locales.

—¿Has tenido la oportunidad de pasar por esa zona?

—Si, he caminado por allí algunos días.

—Bien, tal vez unos de estos días te invito a conocerlo más a fondo.

—Me encantaría, fue mi respuesta.

La comida estuvo deliciosa. La especialidad de mi mamá eran los raviolis con una salsa espectacular. Yo hice una sopa de espárragos que quedó tipo gourmet. Hubo vegetales para acompañar y, por supuesto, un postre con frutas y crema.

Después de cenar Roy y yo nos ocupamos de la limpieza en la cocina mientras mamá ayudaba a Robert a desempacar. Luego pasamos todos al salón. Pero al poco rato y después de tanta comida, Robert anunció que estaba cansado y se retiraba a su habitación.

—Mamá, no te quedes aquí por mí. Acompaña a Robert. Tú también has trabajado mucho hoy.

—Irene, Allyson tiene razón, usted vaya a descansar también. Yo le haré compañía a Allyson por un rato más.

—Dijo Roy.

Roy y yo nos quedamos en el salón.

—Yo me voy a preparar un té caliente Roy. ¿Te gustaría uno?

—Me encantaría, gracias. Del mismo que tú tomes.

Así nos quedamos solos conversando por mucho tiempo. Me parecía que lo conocía de toda la vida. La impresión que Roy me causó es que era una persona auténtica. Era fácil de establecer una conversación fluida.

Hablamos sobre el trabajo, los hobbies, en fin, sobre cosas de nuestras vidas.

—Trabajo por mi cuenta. Soy periodista FreeLancer y escribo artículos para diferentes publicaciones.

Habló largo rato de lo que hacía en su trabajo y de los lugares fascinantes que tuvo oportunidad de visitar durante su labor en el exterior. —

—Pero ahora háblame de ti. ¿Estás contenta viviendo en Nueva York?

—Si me gusta, aunque hay veces que desearía un poco más de tranquilidad. Eso le comentaba a mamá. Cuando llegué aquí, sentí la diferencia.

—¿Cuándo regresas a Nueva York?

—El lunes. Me voy muy temprano en la mañana.

—¿A qué hora es tu vuelo?

—Saldré de la casa a las 6:00 a.m. El vuelo es a las 8:00 a.m.

—Yo te llevo al aeropuerto.

—Oh no, por favor! Tomaré un taxi y así nadie tiene que levantarse tan temprano.

—Ya está decidido. Será un placer para mi llevarte. Yo me despierto temprano. Además, quién sabe cuándo nos volveremos a ver.

—Te lo agradezco mucho.

Y así continuamos hasta tardes horas de la noche.

Al día siguiente, todos salimos juntos a una feria de antigüedades que anualmente se presenta en una ciudad muy cercana a sólo cuarenta minutos de casa de mamá. Almorzamos en un restaurante muy típico y acogedor. Lo pasamos estupendo. Tanto Roberto como Roy tienen un gran sentido de humor, por consiguiente, nos hicieron reír muchísimo. Yo estaba feliz que mi mamá estuviera con un hombre tan maravilloso como Robert a su lado. Ella se merece toda la felicidad del mundo. Después de la muerte de papá, ella había quedado sola y triste durante mucho tiempo. Ahora está disfrutando con una persona que la adora y la respeta, y está compartiendo su vida con él.

Fue un fin de semana extraordinario en todos los sentidos. Me sentí apoyada y querida. Debería venir más a menudo para salir del bullicio de la ciudad. Yo adoro a Nueva York, pero admito que la vida allí es muy agitada.

En camino al aeropuerto, Roy y yo intercambiamos nuestra información de contacto. Quedamos en comunicarnos en los próximos días y él mencionó que cuando estuviera de vuelta en Nueva York me lo dejaría saber para cenar juntos. Me encantó la idea, pues eso me hizo sentir que tendría a un miembro de la familia cerca.

Llegué al aeropuerto y me fui directamente a la oficina. Tremenda sorpresa cuando entré y encontré a Victoria mirando unos papeles que estaban sobre mi escritorio.

—Buenos días, Victoria, fue mi saludo. ¿Te puedo ayudar en algo?

—Buenos días, Allyson. Llegas tarde hoy. Te estaba esperando para explicarte sobre un asunto pendiente.

El comentario de que llegué tarde me cayó como un balde de agua fría. Vacilé en decidir si le contestaría o me quedaría callada ignorando así su comentario. Al fin le dije:

—A ver Victoria, dime lo que tienes que explicarme. No le iba a dar el gusto de comentar con ella las razones la tardanza. Ella no es mi jefe, y John sabe por qué llegué tarde a la oficina. Por supuesto que mi respuesta no le agradó. Su cara cambió de expresión y pude ver una mueca irónica en sus labios.

—Vine a tu oficina a buscarte y no te encontré, repitió nuevamente.

—Sin duda esperaba una disculpa de mi parte pero yo estaba convencida de que no le iba a dar el gusto de dársela.

—Hay un cliente esperando que le hagamos una presentación. Tienes que preparar el material lo más pronto posible. Cuando lo tengas listo, lo llamarás y harás una cita para que venga a las oficinas, y nos reuniremos aquí con él.

—No hay problema, Victoria. Estará listo lo más pronto posible.

A propósito, dijo ella, sé que John y tu salieron a cenar hace unas semanas atrás. Espero que no se repita.

Oh, Oh, lo que responda tiene que ser bien pensado, fue lo que pasó por mi mente.

—Victoria, tal vez deberías decirle eso a John.

—Quiero que sepas que John y yo somos más que jefe y asistente.

—Qué bueno, le dije y continúe trabajando.

Salió de la oficina lentamente y batió la puerta fuertemente al cerrarla.

Qué tipa tan dominante, pensé. Siempre hay alguien que tiene que estropear el buen ambiente en una oficina.

Si supiera que John no me interesa para nada, me dije a mi misma. Al poco rato llamó John por el intercomunicador dándome la bienvenida por mi regreso y solicitando que fuera a su oficina pues necesita hablar conmigo.

—¿Cómo estuvo el fin de semana con la familia?

—Estupendo, respondí de forma breve.

—Bien, tengo buenas noticias. Hemos logrado llegar a acuerdos con los clientes en Europa. Pronto saldrás de viaje. Este será el primer viaje al exterior que realizas para la empresa. Por lo tanto, Daniel irá contigo.

—¿Cuándo salimos? Le pregunté, casi que sin poder disimular la alegría por esa noticia. Cuando me anunció que iríamos a París, casi exploté de la emoción. Quería hasta abrazarlo, pero tuve que contener mi exaltación.

Tal fue mi felicidad al saber de que en dos semanas Daniel y yo partiríamos a Europa que fui corriendo a la oficina de Daniel a conversar con él sobre nuestros planes. Daniel se ocuparía de hacer reservaciones y todos los trámites pertinentes al viaje. Estaríamos en Europa sólo una semana.

Dije para mis adentros: No importa, yo me contento con lo que sea, lo que quiero es salir de aquí. Comenzaba a sentirme asfixiada en la oficina. Me doy cuenta de lo mucho que extraño algo de libertad.

Una vez de vuelta en mi oficina, se me ocurrió proponerle a Daniel algo que pudiera extender mi viaje un par de días mas. Así es que regresé a la oficina de Daniel.

—Daniel, nuestro viaje de negocios comienza un lunes. Yo quisiera salir para Francia el viernes en la noche para aprovechar el fin de semana. Tengo muchos amigos que me encantaría visitar. Por favor, cuando compres los pasajes, ten en cuenta eso. Por los gastos de hotel, no te preocupes, yo asumo esos días extras.

—No creo haya ningún inconveniente, Allyson. Te lo dejo saber.

—Gracias Daniel. Tendremos un buen viaje.

Ahora empezaba otra etapa de experiencias. Todo cambia en la vida y así mismo yo también cambiaba. La forma de pensar y de actuar ya no era la misma de aquella chiquilla que había abandonado el convento hace tanto tiempo atrás. Mi alma evolucionaba y mi cuerpo ya era adulto. Los deseos y los anhelos ya no se basaban en el amor que un hombre pudiera ofrecer. Mi espíritu determinado y osado sabía muy bien lo que quería y lo que no quería. Las historias de un amor sublime y de cuentos de hadas ya no tenían la importancia que anteriormente yo les daba.

Si lo consigo será una bendición; mientras tanto no voy a pensar en eso. Será lo que será, y será lo mejor. Se convirtió en mi nuevo modus operandi.

—Allyson, ya son pasadas las siete de la noche. Es hora de irte a tu casa. Comentó John cuando pasaba enfrente de mi oficina.

—John, ya estoy casi a punto de terminar. Una hora más y estaré lista.

John ofreció quedarse en la oficina un tiempo más para no dejarme sola, pero yo trabajaba más a gusto sin nadie en las oficinas. Además necesita concentrarme sin ninguna interrupción. Aproveché la oportunidad para hacer un comentario a John:

-John, no creo que a Victoria le agradaría enterarse de que tú estuviste solo conmigo en la oficina.

—¿Que tiene Victoria que ver?

—Muy claramente ella me recordó que ustedes salen juntos. Yo le respondí que no tenía nada de qué preocuparse. Tu eres mi jefe y allí acaba eso.

Se sorprendió con esa respuesta. Pude ver en su cara un gesto de sorpresa; no creo que se esperaba ese comentario. Algo tímido respondió:

—Bien, entonces buenas noches. Hasta mañana.

—Hasta mañana John.

Trabajé diligentemente hasta terminarlo todo. Quería finalizar lo que estaba pendiente y así demostrarles a ellos, pero sobre todo a mí misma, que lo podía hacer, que era capaz de hacerlo.

Llegaron las 8:00 p.m. y efectivamente concluí con toda la labor. Era hora de regresar a la casa. Estaba extenuada. Había hecho el trabajo lo mejor que podía y estaba feliz de haberlo finalizado.

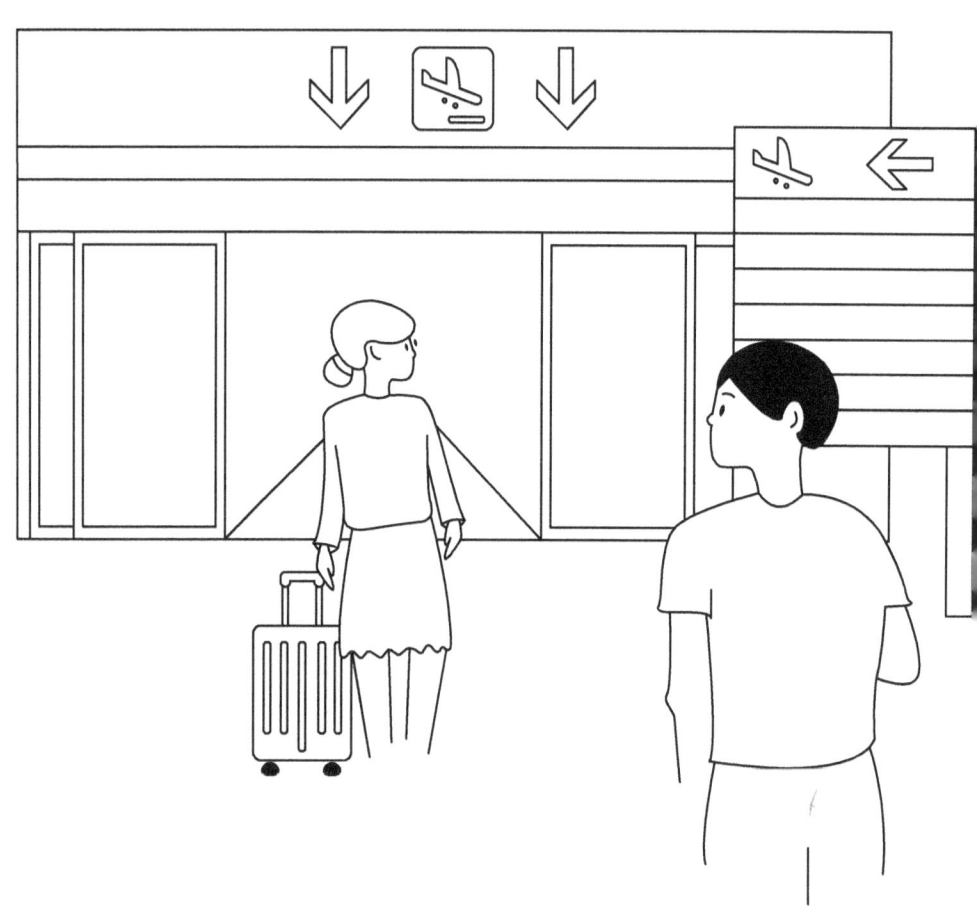

CAPITULO VIII
Regreso a Francia....

"No Hay Melancolía sin Memoria ni Memoria sin Melancolía".

—Will Rogers

*H*abía transcurrido mucho tiempo desde que partí de Francia para EE.UU. Ahora por razones de trabajo regresaba a París por una semana. La ilusión de ver a todos los amigos y especialmente a Pierre crecía momento a momento. Estaba impaciente porque llegara el día del tan ansiado viaje.

Ahora en el aeropuerto Charles de Gaulle buscaba yo ansiosamente ver la sonrisa de Pierre esperándome; ya me había ocupado de anunciarle mi visita unos días antes del viaje, y él tenía todos los detalles de mi vuelo de llegada ya que había arreglado conmigo que vendría por mí al aeropuerto. También me había ofrecido que podría hospedarme en su casa esos días antes de encontrarme en el hotel con Daniel el lunes siguiente para comenzar nuestra semana de trabajo.

El aeropuerto era el mismo. No se notaban muchos cambios. Estar allí resultó tan familiar como si aún ese fuera mi lugar de residencia. Detrás de las ventanas y esperando recoger el equipaje, pude percatarme de su presencia antes de que él me viera. Allí estaba Pierre, vestido en un pantalón jean y una franela blanca, y, como siempre, una bufanda colgada en el cuello; ésta era su ropa favorita cuando estaba de descanso. Llevaba una rosa en la mano. Su pelo se había aclarado un poco. Nadie podía decir que Pierre no era bien parecido. Conservaba un aire de hombre elegante y casual al mismo tiempo. Como siempre le decía yo, el típico caballero francés.

Por un momento permanecí quieta observándolo y observando también lo que estaba sucediendo en mi interior. Experimenté una sensación de agobiante alegría unida a un tremendo cariño y un inmenso deseo de abrazarlo y colgarme de su cuello como era habitual mientras estuvimos juntos. Me preguntaba que sería correcto hacer. Después de todo habían pasado varios años. Vacilaba en relación a cuál sería la actitud adecuada que debía mostrar. Mientras tanto, la maleta pasaba por el acceso de salida del equipaje sin haberle prestado yo atención puesto que estaba absorbida entre miles de pensamientos. ¡Tantas emociones juntas! En ese preciso momento, Pierre volvió su cara y sonrió al verme. Así desperté de ese corto instante de sueño y aterricé nuevamente en mi cuerpo.

—Voy a hacer lo que mi intuición me diga que haga, me dije. Quiero abrazarlo y besarlo. El es y siempre será *mi* Pierre. Hice la promesa de que de ahora en adelante yo soy quien yo soy, basta de regulaciones.

Recogí el equipaje y se abrieron ante mí las puertas automáticamente por lo que procedí a salir de ese lugar. No podía andar más rápido pues en el pasillo había una gran cantidad de personas que obstaculizaban el paso. Los dos corrimos a encontrarnos y, como sucede en las películas de cine, nos abrazamos como dos amantes que no se han visto en mucho tiempo. Nos mantuvimos unidos sin decir palabra alguna. No había necesidad de decir nada. Resultaba claro que el sentimiento era mutuo.

Pierre recogió la maleta y salimos al estacionamiento en busca del automóvil. El aire tenía la frescura del mes de mayo. Una chaqueta liviana era todo el abrigo necesario. Una vez adentro del coche se produjo un silencio de unos segundos. Era como que al no saber que decir, enseguida y simultáneamente nos lanzamos a reír y no paramos de conversar hasta que llegamos a la casa de Pierre; era la misma casa donde habíamos vivido los dos cuando estábamos casados. Un *déjà vu,* cruzó por mi mente.

—Como verás, nada ha cambiado desde que te fuiste, Mon chéri, dijo Pierre.

—Ya lo veo, Pierre. Todo parece estar en su mismo lugar. Veo que el piano todavía está en el sitio de siempre. Pensé que a lo mejor lo habías vendido después de mi partida. Después de todo tú lo compraste para mí.

—No, no quise deshacerme de él. Quién sabe, algún día lo aprenderé a tocar, fue su respuesta con una sonrisa.

—Subiré la maleta a tu cuarto. Mientras tanto, prepárate algo de beber. Debes estar deshidratada después de tantas horas de vuelo. En el refrigerador hay limonada recién hecha de esta mañana.

Cierto que estaba deshidratada y tenía muchísima sed. Me acerqué a la terraza y pude observar que el nuevo sembrado en el jardín comenzaba a brotar. La jardinería era una de las pasiones de Pierre; mantenía el jardín bien cuidado y siempre con múltiples flores multicolores.

—Allyson, debes estar agotada. Tómate tu tiempo. Sube y descansa. Yo saldré al supermercado y compraré algo para desayunar más tarde.

No había podido conciliar el sueño en el avión. Para añadidura, la noche anterior al viaje tampoco cerré los ojos por la ansiedad del viaje. Estaba extenuada por el cansancio.

—Bien, todo lo que necesitas está en tu habitación. Y si te hace falta algo, tú ya sabes dónde encontrarlo.

Pierre salió y yo subí a mi habitación, no sin antes dar una mirada alrededor. ¡Qué sensación tan "surreal". Parecía un sueño todo eso. ¡Qué inexplicable sensación era estar aquí nuevamente! Pensar que yo viví en este lugar y que por tanto tiempo fui la señora de la casa. Sentía una dulce nostalgia, si es que eso existe. El agotamiento pudo más que la curiosidad y subí a descansar un rato. El cuarto que me había preparado Pierre era la habitación de huéspedes. Hasta el cubrecama era el mismo. Todo estaba plasmado en el tiempo. Una ducha caliente me vino bien y me acosté a dormir un rato, no sin sentir las lágrimas que corrían por las mejillas. Me quedé profundamente dormida. Cuando desperté al cabo de un par de horas pude escuchar ruidos en el piso de abajo.

Me imaginé que Pierre estaría preparando algo de comer. Ya sintiéndome más fresca y descansada, me vestí, busqué un pequeño recuerdo que traía para él y entonces bajé para encontrarme con él.

—El aroma de lo que estés preparando llegó hasta arriba y estoy súper hambrienta. ¿Puedo ayudarte en algo?

—Tú te sientas y yo haré todo. Esta ocasión no sucede todos los días.

Por un momento su cuerpo rozó mi espalda cuando los dos trajinábamos de un lugar a otro en la cocina. Sentí escalofríos y me dio hasta miedo pensar en lo que estaba sintiendo.

Parecía no haber un fin en la conversación que manteníamos. Al final yo le dije:

—Pierre, ahora que tengo trabajo no es necesario que continúes con la ayuda que me has estado dando.

—Allyson, por favor no hablemos de eso. Yo lo estoy haciendo porque me causa satisfacción y además tu fuiste mi esposa durante diez años. La distribución que hicimos en el divorcio no tiene nada que ver con el deseo que tengo de que tu estés bien y que no te falte nada.

No hay muchos hombres como él en el mundo, fue el pensamiento que cruzó por mi mente.

—Es muy generoso por tu parte. Gracias.

Pierre me preguntó por mis planes durante mi estadía en París. El programa que tenía preparado para nosotros encajaba perfectamente con el tiempo que permaneceríamos juntos.

—Bien, ahora dime ¿tienes planes para visitar algunos de tus amigos en la ciudad?

—Sí, pero sólo mañana: quedé para desayunar con dos de las chicas de la oficina.

—Perfecto, entonces esta noche iremos al restaurant favorito tuyo. *"Epicure"*

—Excelente.

Tenía una tremenda curiosidad por saber si Pierre estaba románticamente ligado a alguien. No resistí el deseo de preguntarle.

-Pierre, no pretendo ser curiosa, pero necesito preguntarte si estás saliendo con alguien. No quisiera que mi presencia aquí te causara ningún inconveniente.

—No, Allyson. No estoy con nadie ahora. Tuve una relación corta que terminó hace un tiempo.

—Debo confesar que tu contestación me hace sentir menos culpable ya que tenía dudas sobre acaparar tu tiempo y cómo lo podría tomar ella.

Creo que mi pregunta lo abochornó, pues seguidamente cambió de tema.

—Bien, si te sientes con ánimo podríamos ir a caminar al Champs Elysées. Me imagino que extrañas esa calle y sus tiendas.

—Fíjate que no siento deseos de ir de compras. ¿Tienes alguna otra sugerencia?

—¿Qué tal si vamos al festival de jazz de Saint Germain des Prés? ¿Recuerdas que fuimos una vez hace varios años? Siempre lo presentan en el mes de mayo. Podríamos pasar unas cuantas horas antes de la cena.

—¡Fabuloso! — Respondí

Fue un fin de semana fuera de serie. Nos divertimos, comimos exquisitamente bien, y visité a varias amigas. El domingo en la noche Pierre me llevó hasta el hotel donde tenía reservación por el resto del tiempo que iba a permanecer en París y allí estaría Daniel esperándome para comenzar nuestra jornada de trabajo.

Le agradecí a Pierre por su invitación tan amable de alojarme con él durante el fin de semana. Fue maravilloso volver a verlo.

También me hizo prometerle que la próxima vez que tuviera que regresar a París, haría lo mismo.

—Pero por supuesto. Le respondí. ¿Y tú no tienes ningún viaje planeado a New York?

Sólo esperaba que su respuesta fuera positiva. Sería estupendo tenerlo como invitado.

—Es posible que salga algo para finales de año, pero no hay nada seguro.

Le comenté que mi apartamento no era tan grande como su casa, sin embargo tenía dos habitaciones y haría todo lo posible para retribuir las atenciones que tuvo para conmigo durante el tiempo que estuve en su casa.

Llegó el momento de decirnos adiós. Fuertemente nos abrazamos. Este abrazo significaba un sentimiento único de algo especial que fuimos el uno para el otro. Fijamente nos miramos sin verbalizar palabra alguna. No había necesidad de llenar el momento con algo redundante. El corazón lo dijo todo con nuestra mirada y ese momento vivirá por siempre en mi memoria.

Bajé del automóvil y el portero vino a recoger el equipaje. Pierre se quedó parado al lado de su coche hasta que yo entré al hotel. Una vez adentro, me acerqué a la recepción.

Daniel ya había llegado y todo estaba bajo control. Me entregaron la llave de mi habitación y pedí al conserje que lo contactaran para dejarle saber que yo ya estaba allí. Me sentía sumamente cansada, tanto física como emocionalmente. Lo que quería era ducharme e irme a la cama, pero sabía que debía planear con Daniel el programa del día siguiente, que sería nuestro primer día de trabajo en la ciudad. Así lo hicimos, y quedamos en encontrarnos a la mañana siguiente a las 8:00 a.m. para desayunar.

Durante esa semana, Daniel y yo trabajábamos durante todo el día y en las noches cumplíamos con compromisos de cenas con los clientes; por lo tanto, no hubo más tiempo para ver a Pierre nuevamente.

Fue una semana intensa: de cliente en cliente y haciendo presentaciones; también nos reunimos en almuerzos, cenas, charlas de negocios y también algo de diversión. París es como Nueva York, una ciudad que nunca duerme. Me sentía a gusto allí y trabajar con Daniel era divertidísimo. El era un gran profesor que compartió conmigo el arte de la comunicación con los clientes. Era interesante observar la elocuencia de sus presentaciones. Los clientes lo apreciaban y respetaban. Definitivamente, yo trabajo mejor con un hombre como Daniel a mi lado.

Llegó el día de partir de regreso a Nueva York. La semana transcurrió velozmente, y en el alma y el corazón corrían emociones mixtas. Lo había pasado requetebién. Durante la estadía, hablé con Pierre dos veces para contarle cómo transcurrían los días y decirle que no encontraba un momento libre para vernos otra vez. Me pidió toda la información de mi regreso a EE.UU hora, día y aerolínea con la cual volaba, y nos despedimos nuevamente.

El viaje estaba previsto para el sábado temprano. Ya en el aeropuerto terminando con los trámites de los pasajes y empezando a caminar hacia la entrada restringida únicamente para pasajeros, escuché la voz de Pierre llamando mi atención. Ya estaba a punto de entrar, y una vez adentro sabía que no podría regresar. Pierre llegó casi sin aliento. Me detuve; le dije a Daniel que continuara y que yo lo seguiría en unos minutos.

—Darling, tenía que verte antes de irte; olvidé darte esta carta que llegó para ti hace algunas semanas. La tenía guardada para entregártela cuando estuvieras aquí y con la emoción de verte, me olvidé de hacerlo. En cierta forma resultó ser mejor así ya que nos daba la oportunidad de vernos una vez más, aunque fuera sólo por un momento.

—Oh Pierre, gracias. No puedo imaginarme de quién pueda ser. Guardé la carta en el bolso. Seguidamente, Pierre y yo nos despedimos con un beso.

—Hasta pronto cariño, le dije sin casi darme cuenta de la palabra que había usado.

—Anda, no sea que pierdas el avión. Aunque me gustaría que así fuera. —Se sonrió al decirlo y los dos soltamos una carcajada como cómplices en un complot.

Corrí para entrar a tiempo a la larga fila que se había formado en el área para abordar. Allí estaba Daniel esperándome. Una vez adentro y sentada en el lobby, pensé leer la carta, pero preferí no hacerlo hasta que estuviera dentro del avión. Después de todo, seguramente esa carta no era nada importante. La persona que la envió ni siquiera sabía que yo no vivía allí desde hacía un tiempo. Daniel y yo subimos al salón de espera de la aerolínea. El avión saldría puntualmente, y al poco tiempo de estar allí, anunciaron la salida del vuelo.

Estaba conmovida con los acontecimientos de la semana. Todavía no había aterrizado literalmente ya que fueron tantas las cosas que sucedieron. Pensé que aprovecharía el tiempo en el avión para escribir en el diario todo lo vivido, para no olvidar los detalles. Ahora tenía todos los recuerdos frescos en la mente. Los sentimientos estaban a flor de piel. Este era el momento de hacerlo antes de que la rutina de la vida al regresar a casa debilitase lo que estaba sintiendo en ese momento. Era tan grande la melancolía que olvidé leer la carta que Pierre con tanto esfuerzo había venido a entregarme.

Tomé el diario, lo abrí y estuve en silencio por varios minutos. Sentía una pena enorme en mis adentros. Era como revivir el pasado cuando en el mismo aeropuerto dejaba a Francia y a Pierre para regresar a los Estados Unidos. El avión despegó y sentada junto a la ventana miraba a través de ella al cielo azul y despejado: no había nubes que cubrieran la visión. Con mis pensamientos le dije adiós a París y comencé a escribir:

"Si alguien me pregunta cómo me siento ahora, no sabría como contestarle pues no me saldrían las palabras por el inmenso deseo de llorar que estoy sintiendo. Es algo absolutamente incompresible, que ni yo misma entiendo. ¿Cómo pude dejar a Pierre? El vacío existencial y la soledad que esta semana dejó en mí no lo llena nada. ¿A dónde pertenezco yo? ¡Me siento tan sola! Cuando estábamos juntos, tenía un hogar, lo tenía a él. Éramos una familia. ¿Por qué no tuve hijos con él? Él añoraba una familia y no se la di. Era una chiquilla aprendiendo a vivir. No reconocí lo que tenía entre las manos. Ahora soy una mujer y el tiempo corre. En unos pocos años ya mi momento para tener hijos habrá pasado. ¡No lo tengo a él y no tengo a nadie!

En ese instante llegó la azafata e interrumpió mis pensamientos. Ya era hora de servir el desayuno, y, aunque no tenía mucho apetito, pensé que era mejor desayunar ahora así luego podría cerrar los ojos y hacer una siesta. Mi cuerpo necesitaba dormir. Demasiadas emociones encontradas cruzando por la mente habían interrumpido mi descanso la noche anterior.

Por suerte, el avión no iba muy lleno; el asiento de al lado estaba desocupado y Daniel estaba sentado dos filas más atrás cosa que agradecí, sabiendo que esto me daba privacidad para vivir internamente los sentimientos que estaba experimentando.

Cuando desperté ya habían pasado dos horas de vuelo. Decidí mirar una película, pero recordé acerca de la carta. Pensé: qué más da, estoy segura de que no es nada importante, la leeré cuando llegue a casa; después de todo, esa carta no tiene ni siquiera remitente, así que seguro se trata de una de esas ofertas de algún producto. Ahora miraré una película. —No vi una sino dos, y entre las películas y el almuerzo pude observar que ya nos hallábamos muy cerca de Nueva York.

CAPITULO IX
Tiempo para la Verdad...

"Ama y haz lo que quieras. Si callas, callarás con amor; si gritas, gritarás con amor; si corriges, corregirás con amor, si perdonas, perdonarás con amor".

—Tácito

A l día siguiente amanecí soñolienta y agradecí que era domingo y podía dormir hasta tarde. Me levanté a mediodía y me encontré un papel debajo de la puerta: Era de Mara.

"Amiga, ya debes estar de vuelta. Estoy ansiosa por verte y hablar contigo. Cuando te hayas recuperado del jet lag, llámame: tengo mucho que contarte."

Lentamente y todavía amodorrada preparé una taza de té y algo para comer. ¿Qué será lo que Mara tiene que contarme que no puede esperar. Uhm, estoy curiosa, susurré para mis adentros.

—Bien, ahora a desempacar. Sólo tengo medio día libre antes de volver al trabajo mañana aunque John nos había dicho que nos podíamos tomar la mañana de lunes libre y regresar a la oficina en la tarde. Él sabía que habíamos trabajado fuera de hora durante la estancia en París. Mientras desempacaba, encontré en el bolso el famoso sobre que Pierre vino a dejarme al aeropuerto.

—Ok, viniste conmigo todo este tiempo; ahora es hora de que te lea, y espero que sea algo bueno y no una de esas ofertas irrelevantes que siempre mandan por correo o algún pedido de contribuciones.

Me senté cómodamente en el sofá con él té en la mano, y abrí el sobre. Noté que la escritura no era muy legible. La letra era de una persona a quien le tiemblan las manos. Eso me impresionó antes de comenzar a leerla.

Para Allyson:
Estoy escribiendo esta carta porque no tengo mucho tiempo de vida. Es necesario que sepas la verdad de tu nacimiento.

con sólo leer esas pocas líneas, sentí mi corazón palpitar fuertemente y mis manos comenzaron a sudar; continué leyendo con la desesperación de llegar a descubrir el remitente.

Hija, yo te quise tener conmigo, pero para mis padres, una madre soltera no era aceptable especialmente a esa edad. Yo sólo tenía 17 años.

Durante toda la vida he lamentado no haber impuesto mi voluntad y amor de madre sobre la autoridad de aquellos que decían saber lo que era mejor para mí. Debes saber que tú fuiste fruto de un amor verdadero. Tu padre y yo, aunque muy jóvenes los dos, nos quisimos muchísimo. Fue el amor más intenso y precioso que conocí. Él fue el único hombre al que amé de verdad. No estoy segura de cuánto te informaron tus padres adoptivos. Tu padre también sufrió mucho con la decisión de su familia de negarnos la oportunidad de continuar con la relación, especialmente su padre que era un hombre muy controlador. Tu papá nunca se enteró de tu nacimiento pues mis padres le hicieron creer que yo había perdido el bebé. Después de que te dimos en adopción ya era muy tarde, y yo no quise revelar lo que había hecho. La vergüenza era muy grande e inaguantable. Mis padres me enviaron a otro país y nunca más volví a ver a tu padre. Hace mucho tiempo que perdoné a todas esas personas que me negaron el derecho a tenerte conmigo. Hoy en las condiciones de salud en que estoy, he buscado el refugio en Dios y el perdón para este corazón adolorido. Quisiera que tu pudieras hacer lo mismo, pues vivir con resentimientos no es manera de vivir.

A esas alturas de la lectura, las letras se notaban aún más borrosas; tenía los ojos nublados por las lágrimas que me impedían enfocarme en las palabras. Hice un esfuerzo, sequé mis lágrimas con la punta de la camisa, no quería parar ni un momento de leer, y continúe leyendo.

> *En el transcurso de tu vida te sucederán cosas que, sólo enfrentándolas con dignidad, honestidad y siempre con autenticidad, sabrás superarlas y te harán sentirte mejor contigo misma.*
>
> *Hija, estoy agradecida a Dios por el amor tan grande que tus padres adoptivos te dieron. El saber que has sido tan querida y protegida es el único consuelo que me permitió continuar la vida.*
>
> *No puedo terminar este escrito sin decirte, que tu padre biológico es alguien que tú conoces.*

A este punto de la lectura no podía mantenerme sentada. Me levanté del sofá y comencé a caminar de un lugar para el otro mientras leía, como queriendo apresurar la lectura. Sentía las manos temblar y los latidos del corazón se hacían más fuerte a medida que avanzaba mi lectura.

Antes de decidirme a decirte lo que te digo aquí, yo les hice mucho seguimiento a ti y a él, tu padre.

Sólo después de muchísimos años entendí que era necesario que los dos supieran la verdad de todo. Hace un tiempo, cuatro años para ser exacta, lo encontré en París y le confesé todo. Lo que él hizo después con esa información, yo no lo sé. Tu padre se llama Clifford Wilson.

Tal vez cuando esta carta llegue a tus manos, yo ya no estaré aquí, pero donde esté, velaré por ti y sentirás el amor que no te pude dar todos estos años, te cuidaré por siempre.

Con todo mi amor,

Tu madre,

Francis Girardon

Me desplomé en el sofá y lloré hasta que no me quedaban más lágrimas. ¡Demasiados acontecimientos en tan corto tiempo! Leí y releí la carta varias veces. Quería gritar a todo pulmón el nombre de mi madre, y así lo hice.

Todavía había cosas que no entendía, pero lo más importante es que ahora sabía la verdad de quién era, que había sido concebida con amor y que me había entregado en adopción en contra de su voluntad.

Nuevamente, me tiré en la cama a llorar. No sabía ni que pensar. Era mucho para entender y digerir. El agotamiento físico y mental ocluyó mi mente y quedé hundida en un profundo sueño con la carta en la mano. Esta noticia me había consumido hasta la última gota de energía que pude haber recuperado en las horas dormidas la noche anterior.

Sólo la campana del timbre de la puerta logró despertarme y como un zombi fui a abrirla.

Mara estaba del otro lado de puerta apenada por haberme despertado, pero también muy preocupada por qué no había escuchado nada de mi a estas horas de la tarde, ya casi hora de cenar.

—Oh Dios mío, Allyson ¿qué sucede, estás bien?

Con la larga cabellera despeinada, unas ojeras marcadas, y los ojos aún hinchados, ella pudo notar ver que había llorado.

—Entra Mara. Disculpa que no te llamé.

—¿Te sientes bien?

Sin decir más, tomé la carta y se la mostré a Mara diciéndole:

—Siéntate, ponte cómoda y léela.

Mientras Mara leía la carta con atención, desaparecí por un corto tiempo y decidí ir a refrescarme un poco, ya que imaginaba como luciría mi rostro.. Recogí mi cabellera y me lavé el rostro con agua fría. Luego fui a la cocina, saqué hielo del congelador y me lo pasé sobre los ojos para bajar la hinchazón. Tomé asiento junto a Mara y le dije:

—Amiga, necesito un abrazo fuerte.

—Allyson querida, no sé ni que decir. Sólo estaré aquí para que tengas a alguien con quien hablar y en quien apoyarte. Necesitarás un tiempo para integrar todos los acontecimientos de la semana y, sobre todo, esta noticia.

Mara fue a recoger algo de comida en su casa y al cabo de un rato volvió al apartamento, y las dos cenamos juntas. Hablamos y hablamos por varias horas. Ya eran cerca de las nueve de la noche, y Mara entendió que ya era hora de dejarme sola para que pudiera dedicarme a reposar.

—Hablaremos más mañana. Estoy aquí para ti, ya lo sabes. Dijo Mara.

En ese momento, recordé la nota que Mara había dejado debajo de la puerta, en la que me pedía que la llamara al llegar que necesitaba contarme algo y le dije…

—Tú también querías decirme algo, sin terminar lo que iba a decir, Mara le respondió, —Nada que no pueda esperar hasta otro día.

En el transcurso de los siguientes días, sólo tenía una cosa en mi mente, Clifford, mi padre. ¿Cómo era posible que no lo hubiera imaginado? ¡Teníamos tantas cosas en común! Ahora me venían a la mente algunos comentarios que había escuchado de una de las seminaristas en el convento haciéndome notar que Clifford y yo teníamos el mismo color de ojos. Pero claro, eso no era señal de nada. Cuántas personas se parecen y, sin embargo, no hay ningún parentesco entre ellas. Era normal que ahora estuviera imaginando cosas.

—Y pensar que me sentí atraída por él. Entonces ¿Qué pudo haberle ocurrido ese día cuando no se presentó a ese encuentro en París, tal como lo habíamos acordado?

Tomé la carta que mi madre había enviado, la releí una y otra vez. Después de muchas veces, la mirada se detuvo en la frase que decía "hace cuatro años". ¡Qué coincidencia! Pensé. Hacía cuatro años fue justo cuando recibí su llamada para decirme que tenía que cancelar el encuentro pues algo había ocurrido y no podría llegar a tiempo. ¿Sería ése el día cuando él y Francis se encontraron? Cuándo él me llamó, ya seguramente ellos habían conversado y para ese entonces él sabía la verdad de todo. Como un detective en busca de una pista, reviví el acontecimiento minuto a minuto.

—Después de haberlo esperado en el lugar señalado una hora entera, recibí su llamada. Recuerdo con claridad que las campanas de la iglesia situadas en la calle de enfrente sonaron mientras lo esperaba; este recuerdo despertó mis pensamientos y tomé nota de la hora. Eran las cinco de la tarde, y yo ya llevaba una hora esperándolo. ¿Podría ser posible que justo durante esa hora fuera cuando se encontró con su amor de juventud, y reviviendo juntos la historia se enteró de la inimaginable noticia?

Mientras más suposiciones surgían en relación a aquel día en el que debíamos encontrarnos, más segura estaba de que eso era lo que había acontecido, y eso explicaba por qué Clifford no había asistido a la cita; no encontraba otra razón para ello. Seguramente, él no sabía nada de esto cuando llamó para concretar esa cita entre ambos. También era posible que al ver a la mujer que había sido su gran amor, él supuso que estaría un buen tiempo con ella y de hecho no había tenido la oportunidad de venir a nuestra cita. Una vez con la historia en la mano, tal vez se sintió avergonzado y decidió cancelar nuestro encuentro; tendría temor de mirarme a la cara, o tal vez necesitaría tiempo para integrar esa noticia en su vida, o hasta podría haber presentido que yo lo leería en su cara ¡Quién sabe qué pasaba por su mente en ese momento! Pensé.

—Oh Dios mío, ¿y ahora, qué?

CAPITULO X
Cuatro Años Atrás...

"Hay amores tan bellos que justifican todas las locuras que hacen cometer".

—Plutarco

B uenos días", fue el saludo de una señora atractiva y muy elegantemente vestida al portero del hotel.

—¿Podría decirme si el señor Clifford Wilson se encuentra hospedado en este hotel?

—Lo lamento señora, pero no puedo darle esa información. Si lo desea lo puedo averiguar, y si ese huésped se encuentra en el hotel, lo llamaré y le daré su recado.

—Se lo agradezco, esperaré.

En ese momento un caballero que venía caminando hacia la portería escuchó la conversación y dijo:

—No será necesario. Yo soy Clifford Wilson.

La mujer se dio la vuelta y los dos quedaron frente a frente. El tiempo se congeló por unos segundos. Como lo que ocurre en las novelas, casi se podían escuchar los pensamientos de cada uno. Lentamente, una sonrisa muy sutil comenzó a dibujarse en los labios de Clifford y simultáneamente en los labios de la atractiva y elegante señora. Ella no pudo contener el asombro y la emoción al verlo y en voz baja como preguntando algo, dijo:

—¿Clifford?

Con la voz temblorosa, él pronunció su nombre, sin preguntar.

—Francis…

Por su frente se deslizaban gotas de sudor. Habían pasado treinta y dos años desde la última que vez que habían estado juntos. La gente cambia físicamente en tantos años, hasta el punto de que a veces no se puede reconocer ni a un ser muy querido. Después de todo, los dos eran adolescentes cuando se vieron por última vez, pero ahora él estaba seguro quién era esa dama.

Sin hablar, la tomó del brazo y la llevó hasta las sillas del Lobby. Los dos necesitaban sentarse. Una vez allí, se quedaron mudos. Sólo podían mirarse fijamente a los ojos, y no hacía falta hablar. Finalmente, Clifford respiró profundamente y dijo:

—Francis, ¿Cómo es esto posible? Estoy totalmente confundido.

—Clifford, treinta y dos años han transcurrido; disculpa mis lágrimas, pero no puedo contenerlas.

—Tal vez el lugar no es el más adecuado para este encuentro. Salgamos de aquí y vamos a otro lugar, pero primero discúlpame que necesito hacer una llamada y cancelar una cita que tenía prevista para hoy. Esa llamada fue la última que yo recibí de Clifford.

—Allyson, disculpa que te haya hecho esperar, pero algo inesperado ha ocurrido y necesito cancelar nuestro encuentro. Vete a tu casa y te llamaré mañana.

Terminada la breve conversación con Allyson, Clifford regresó al lobby, buscó a Francis, y los dos salieron al café más cercano. Allí sentados uno frente al otro, Francis inició el diálogo. Con voz calmada, lentamente procedió a describir todo lo acontecido desde la última vez que los dos se despidieran al terminar la estadía de verano en Francia, cuando ambos eran jóvenes adolescentes locamente enamorados y cuando prometieron volverse a ver cuando los dos regresaran a los Estados Unidos. Francis le habló de la hija que tuvieron y que fue dada en adopción. Al mencionarle su nombre, Clifford se paralizó. Sus ojos se nublaron de lágrimas y con sus manos cubrió su rostro y lloró intensamente.

Al día siguiente y con la historia del pasado al descubierto, Clifford estaba físicamente en este mundo, pero sus pensamientos y emociones encontradas lo llevaron muy lejos de la realidad. Estaba conmovido al máximo. Decidió no llamar a Allyson. No tenía el valor de hacerlo. ¿Cómo podría estar frente a la hija que creció sin conocerlo como su padre. Miles de recuerdos cruzaban por su mente. Recordó aquellas mentiras que sus propios padres le dijeron con el propósito de que no viera más a su adorada Francis. Nunca supo que ella estaba embarazada ni de la hija que tuvieron, fruto del amor que se habían profesado.

Francis regresaba ese día a los Estados Unidos y ya no volverían a verse más. Clifford, adolorido en lo más profundo, decidió no ver a Allyson, por lo menos por el momento. Se fue al aeropuerto y allí tomó el avión con destino a África, tal como habían sido sus planes originales.

CAPITULO XI
Seis Meses Después...

*"He experimentado de todo, y puedo asegurar que no hay
nada mejor que estar en los brazos de la persona que amas".*
—John Lennon

D espués de haber recibido yo esa carta, mi vida no era la
misma. Sentía la necesidad de retraerme de la vida diaria
y del mundo. Ya no tenía el mismo interés en reunirme con
amigos con la frecuencia de antes y tampoco procuraba salir con
nadie en particular. Mara y Roy eran mis grandes compañeros.
Nuestra amistad siempre más sólida con el pasar del tiempo era
un inmenso regalo de la vida.

Ahora dedicaba más horas al grupo de meditación y a otras
actividades asociadas con la práctica espiritual. Mi naturaleza
inquisitiva me guió a estudiar los principios de la filosofía Zen,
la cual habla de que "el ser humano por naturaleza se considera
libre a sí mismo, sin embargo, su realidad es diferente, ya que

siempre está sujeto a una cultura, religión, o ideales no propios, que en cierta forma no le permiten actuar en completa libertad."

La atracción por los diez principios básicos de la filosofía Zen llenaba mis expectaciones:

- Vive aquí y ahora
- Presta atención a todo lo que haces
- Sé fiel a tus sentimientos
- Amate a ti mismo
- Aprende a soltar
- Sé honesto contigo mismo y con los demás
- Ten en cuenta tus deseos
- Sé responsable de ti mismo y del mundo
- No te opongas a la corriente de la vida, fluye con ella
- Encuentra la paz interior

Comenzaba a integrar el principio de amarme a mí misma, si bien era una tarea difícil puesto que consistía en aceptarme como soy, con mis defectos y virtudes. Sólo yo puedo hacerlo, nadie lo va a experimentar por mi, y, aunque haya vivido experiencias traumáticas, no podía quedarme anclada en ellas. Dediqué tiempo para estar conmigo y meditar como siempre lo había hecho, sólo que ahora me sentía mas consciente del motivo por el cual sentía la gran necesidad de estar en paz conmigo. A medida que mi práctica se hacía más constante y el tiempo transcurría, observaba cambios sutiles. La sensación de seguridad en mi misma crecía, así como también la opinión que otros pudieran tener de mí, ya no era motivo de preocupación. Todos estamos en este planeta viviendo y experimentando situaciones similares. No hay nadie que sea mejor o peor que nosotros. Lentamente, entendía que la auto compasión es mostrar comprensión y amabilidad a esa parte de mí que ha sido herida por algún evento o persona. Estaba consciente de las emociones que causaban dolor y desaliento y si bien les daba permiso para que se hicieran sentir, la estrategia era de no identificarme con ellas.

El tiempo y las experiencias vividas habían sido los mejores maestros en el camino para alcanzar la meta que buscaba. Ahora entendía claramente que la mejor manera de estar con alguien era aprendiendo a estar sola conmigo misma y disfrutar ese tiempo siendo yo misma mi mejor amiga y compañera.

Hace seis meses había juzgado a Clifford porque él no supo o quiso afrontar los acontecimientos que se le presentaron en ese entonces. Por algún tiempo, yo no podía entender la razón de su desaparición que me dejaba con la incógnita de su paradero. Hoy, entendía que vivir en el pasado haciendo un juicio sobre las personas involucradas en él, sin tomar en cuentas las razones que los otros pudieron haber tenido para actuar en una determinada manera sólo profundizarían las heridas, en lugar de sanarlas.

—Clifford debe haber tenido sus motivos. Si algún día nos encontramos, sé que yo igualmente desearía abrazarlo y llamarlo "papá".

Habían pasado seis meses desde aquellos acontecimientos que tanto me marcaron. Hoy era un domingo a la mañana. El tiempo estaba gris y como preparándose para llover. Luego de finalizar el rato de meditación, me cambié de ropa para ir al parque a correr antes de que llegara la fuerte tormenta que anunciaban los medios de comunicación. Me encontraba mirando a través de la ventana del salón de la casa y envuelta profundamente en los pensamientos cuando en ese momento sonó el teléfono: era Pierre.

—¿Hola?

—Darling, espero no estar llamando muy temprano.

—Por supuesto que no, Pierre. Ya estaba saliendo a correr.

—¿Cómo has estado?

—Todo bien Pierre. Aunque hay mucho que contar. Pero prefiero hacerlo en otra ocasión.

—Yo también tengo mucho que contarte. Creo que tendremos la oportunidad de hacerlo en breve pues tengo un viaje de negocios y pararé en Nueva York.

El anuncio de su llegada alegró mi vida; tenía muchos deseos de verlo de nuevo, y así se lo dejé saber. En sólo diez días estaría aquí. Le recordé que tendría la habitación preparada para su estadía. Por el tono de su voz, era fácil detectar que él también deseaba verme.

—*Au revoir* Chérie

—*Au revoir* Darling.

Tan pronto nos despedimos, busqué papel y lápiz y anoté lo que necesitaba comprar para que su habitación se transformara en lo más acogedora y cómoda posible. Una vez terminada mi lista, salí a hacer mis ejercicios antes de que se largara la lluvia pronosticada.

Pocos días después, Pierre llamó con toda la información sobre su llegada. Acordé ir a recogerlo al aeropuerto.

El avión de Pierre llegó a la hora prevista. Allí estaba yo esperándolo. Parecía que no nos hubiéramos visto en años cuando en realidad sólo habían transcurrido seis meses. Tantas cosas habían sucedido en esos seis meses, y yo estaba ansiosa por contarle todo. Al verme, una gran sonrisa se dibujó en sus labios. En cuanto a mí, el corazón me latía con fuerza y aunque intenté mantenerme calmada, apenas lo vi, apresuré el paso hasta llegar a él. El abrazo que nos dimos fue un abrazo fuerte y prolongado. No era lo normal que dos personas que ya no están juntas se abracen de tal manera, fue el pensamiento que cruzó por mi mente. Lo que sí era cierto es que ahora entendía que mi amor por él nunca había dejado de existir. En cierta forma, estos sentimientos me preocupaban un tanto pues no estaba segura de cómo actuar. Después de todo, fui yo la que quiso terminar nuestro matrimonio.

Nos dirigimos a la ciudad contándonos de forma precipitada el uno al otro los acontecimientos acaecidos desde nuestro último encuentro. Pero lo mejor lo estábamos dejando para después.

Cuando llegamos al apartamento, Pierre se instaló en su habitación. Descansó por un par de horas y sin tiempo que perder salimos a almorzar. La ciudad estaba tranquila como regularmente se presenta los sábados cuando la mayoría de las personas están gozando de su día de descanso.

Pierre sugirió que saliéramos a caminar un poco por la ciudad. Hacía ya mucho tiempo que no visitaba Greenwich Village y tenía interés de ver los cambios ocurridos en ese lapso de ausencia. En tiempos pasados, cuando venía a Nueva York con más frecuencia se hospedaba en un hotel boutique que le gustaba mucho y que estaba justamente ubicado en este barrio.

Dejé que me tomara de la mano mientras caminábamos como dos enamorados que se conocían desde siempre. Luego de nuestro paseo, le propuse llevarlo a conocer a Mara; a él le encantó la idea de compartir unos momentos con la mujer que se había convertido en mi hermana de vida. De hecho, así lo hicimos, y pasamos un rato muy agradable los tres conversando sobre diversas temas. Mara adoraba París y estaba encantada de practicar el poco conocimiento de francés que tenía.

Ya cansados los dos, regresamos a casa, y Pierre se retiró temprano esa noche.

Aunque ya yo tenía todo comprado y preparado para un desayuno especial a la mañana siguiente, Pierre insistió en querer ir a algún café en la ciudad.

—No nos preocupemos por cocinar aquí. De esa manera, podremos conversar más cómodamente sin interrupciones. ¿Te parece?

—Entonces así será. Tú eres el invitado de honor.

Esa mañana antes de salir con Pierre a desayunar, como siempre hacía, me levanté temprano y me fui a correr por el parque dándole así tiempo a Pierre para descansar. Mientras hacía ejercicio, trataba de adivinar que sería lo que Pierre deseaba contarme; en cuanto a mí, yo estaba ávida por contarle la información que tenía de Clifford.

Una vez en el restaurante, conseguimos una mesa afuera con vistas al parque. Esa mañana gozábamos de una temperatura estupenda. La suave y cálida brisa eran buenos acompañantes para sostener un diálogo con una persona muy especial.

Ordenamos café, y pedimos el menú. Ninguno de los dos quería ser el primero en empezar la charla. Pierre detectó de que lo que yo estaba a punto de decirle significaba bastante para mi y con la usual delicadeza en su voz, me dijo:

—Chérie, soy todo oídos. ¿Qué hay en tu corazón? Debo admitir que tengo curiosidad por saber.

—¡Tanto ha sucedido en estos meses desde que regresé! ¿Recuerdas la correspondencia que llevaste al aeropuerto en París justo cuando yo estaba a punto de salir?

—Cómo iba a olvidarme, si cuando corría a encontrarte, casi resbalo y golpeo a una señora que caminaba en frente de mí. Ese relato nos causó risa, imaginándonos el panorama de lo sucedido.

Procedí entonces a contarle a Pierre el contenido de la carta. No paré de hablar por varios minutos. Todavía el efecto de lo acontecido lo llevaba muy dentro y no podía esconder el asombro y el dolor que sentía. Mi voz se quebraba de a ratos, y los ojos se me llenaban de lágrimas. Al final le dije…

—Quisiera que leyeras la carta tú mismo. Podrás sentir lo que te he contado con más intensidad. Precavidamente, antes de salir de la casa, yo había colocado la carta en mi bolso.

Se la entregué y él procedió a leerla. Efectivamente, el sentimiento fue muy intenso tal como yo lo había anticipado, y se notaba que estaba conmovido con este descubrimiento. Con gran calma, preguntó:

—¿Cómo te sientes en este momento?

—Tengo deseos de llorar. Fíjate todo el tiempo que ha transcurrido desde que me enteré de esa noticia, y todavía me sigue afectando. Lo que aún no puedo entender es porque Clifford no ha buscado contactarme, aunque hubiera sido tan sólo por la especial amistad que siempre tuvimos y sobre todo después de enterarse de que él es mi padre, no lo entiendo, de verdad que no lo entiendo, expresé visiblemente adolorida.

—Bien, *mon amour,* ahora es necesario que sepas la otra parte de la historia, y tomándome la mano, cariñosamente procedió a contarme…

—A los pocos días de tu regreso a Nueva York, recibí una llamada de una persona que se identificó como Clifford Wilson. Espera cariño, tranquila, toma una respiración profunda. Me saludó muy cortésmente y preguntó por ti. Le dije que no estabas y en ese momento no me pareció prudente hablar con un desconocido sin primero asegurarme que era la persona que él decía. Entonces pensé que lo mejor era invitarlo a un encuentro en un café para conocerlo en persona, con lo cual acordamos vernos el día siguiente. Llegó al encuentro este hombre de presencia muy agradable. Recuerdo haber visto una foto de él que tú me habías mostrado hace ya hace algún tiempo. Por supuesto no era el mismo pues la gente cambia, pero si tenía el parecido que yo recordaba.

Él se sintió cómodo conversando conmigo. Le dije que ya no estábamos casados pero que manteníamos una relación muy estrecha. No quiero alargar la historia con muchos detalles; lo más importante es que el vino a buscarte y hablar contigo.

Después que Francis habló con él y se enteró de que tú eras su hija, el confesó no saber cómo afrontar la situación. Se sentía avergonzado. Quiso ir a buscarte pero desistió de la idea; prefirió callar y no ser un motivo para angustiarte o afligirte. Se fue a África a continuar la misión de caridad en la cual estaba trabajando.

—Pero Pierre, pasaron tantos años… En todo ese tiempo…

—Cariño, es difícil no hacer juicios. Nunca se sabe lo que se lleva por dentro. Obviamente para él fue un tiempo duro y complejo. El caso es que ahora quisiera verte y hablar contigo. Aquí tengo su información de contacto. Como él no sabe si tú quisieras verlo, me pidió que te dijera que seas tú la que elija si quieres contactarlo. Olvidé decirte que él iba en camino a África. Hace algún tiempo se enteró de que una asociación canadiense construye pozos en África en regiones muy pobres donde no tienen agua corriente, y tienen sólo el agua que recogen de la lluvia. Ya ha ido varias veces y está muy contento de poder prestar su ayuda. Si decides llamarlo, asegúrate del cambio horario.

Quedé en silencio durante varios minutos con la mirada baja y triste revelando lo penoso de la conversación. Ya pasado algún tiempo y nuevamente restablecida, me di cuenta de la rapidez con que las horas habían pasado.

Quería aprovechar cada minuto del corto tiempo que Pierre estaría en Nueva York. Parte del programa de ese día consistía en llevarlo a un espectáculo matinée en Broadway y, seguidamente, cena para dos en uno de sus locales favoritos. Todo estaba perfectamente planificado, y de esa manera esperaba poder retribuir las atenciones que él tuvo conmigo durante mi estadía en París.

A la salida del teatro se veía cómo una fuerte lluvia azotaba a la ciudad. Estaba previsto que la misma durara el resto de la tarde, y, tal como usualmente sucede en Nueva York cuando llueve, era prácticamente imposible conseguir un taxi a la salida del teatro. Luego de mucho esperar, finalmente logramos llamar la atención de una Limousine. El torrencial aguacero acumuló enormes pozos de agua en las calles y en el corto trecho entre la entrada del teatro y la limousine, nuestros zapatos se sumergieron en un charco de agua y nuestra ropa se empapó, con lo cual decidimos regresar a la casa, cancelar la cena, y una vez en la casa, ordenaríamos algo para cenar. Después de todo, éste había sido un día colmado de emociones muy intensas.

Media hora después de batallar contra el congestionado tráfico de la ciudad, llegamos al apartamento. Cada uno de nosotros fue a su respectiva habitación a ducharse y cambiarse. Una vez los dos en pijamas ordenamos la comida preferida de Pierre: pizza y ensalada. Mientras esperábamos que trajeran el pedido, abrimos una botella de vino tinto espectacular que Mara me había regalado sabiendo que tendría una visita muy especial. Sentados en el sofá y entre risas y risas, nos contábamos las historias vividas esa noche. La obra de teatro fue fenomenal pero la aventura al salir del teatro fue aún mejor. Comentábamos que vivir en Nueva York es emocionante y extenuante al mismo tiempo. Era una noche perfecta para pasarla en casa cómodamente con música romántica de fondo lo que nos impulsó a bailar, cosa que no habíamos hecho hacía mucho tiempo. Suavemente, y casi que sin quererlo, los dos nos encontramos abrazados muy estrechamente, y nuestros labios se acercaban más y más. Ese beso largo y profundo causando toda clase de emociones nos llevó a mi habitación. Sin decir palabra, con el pijama en el suelo, nuestros cuerpos unidos sensualmente, caricias provocadoras, palabras entrecortadas, hicimos el amor.

Rendidos de cansancio, coloqué mi cabeza sobre el hombro de Pierre y me quedé dormida sólo para despertar a la mañana siguiente mirándonos a los ojos sin saber que decir. Pensé que, "este ha sido el mejor sexo que recuerdo haber tenido con Pierre, ni siquiera superado por aquellos encuentros en las primeras etapas del noviazgo."

Como ocurre a primera hora de la mañana, el deseo de estar juntos renació nuevamente, especialmente con los cuerpos desnudos juntos debajo del edredón de plumas que nos cubría. Nuevamente, nos amamos con pasión y ternura. En el momento en el que el cansancio cerraba nuestros ojos y el sueño llegaba nuevamente, pudimos escuchar el agudo sonido de la alarma del reloj indicando que Pierre tenía que prepararse para salir hacia el aeropuerto y así embarcarse en el avión que lo llevaría a Canadá.

En los días siguientes a la partida de Pierre, yo andaba por las nubes. Apenas podía concentrarme en el trabajo y no entendía cómo había acontecido lo que aconteció. Mis sentimientos vacilaban entre alegría y confusión. Me percaté de que nunca había dejado de amar a Pierre, eso era evidente. Sólo que ahora era un amor distinto con el mismo hombre, pero los dos teníamos diferente edad. Lo que estaba sucediendo ahora conmigo no tenía comparación con la linda fantasía que una joven sin experiencias deseaba experimentar como cuando lo conocí. Ahora se trataba de un sentimiento sólido, maduro y consciente. La sensación de seguridad que él siempre me había hecho sentir era más evidente que nunca y ahora yo estaba a la altura de comprenderlo.

El acto de hacer el amor esta vez no fue solamente una intensa pasión, sino que fue el deseo de compartir ternura y honestidad.

¿Y ahora qué voy a hacer? Fue algo tan real y hermoso, me decía.

Ya transcurrida una semana de la partida de Pierre y de la profunda conversación que sostuvimos, decidí llamar a Clifford. Busqué la hora que sería más apropiada, según la recomendación de Pierre, para realizar la llamada. Marqué el número y bastaron sólo dos repiques para escuchar la voz de Clifford al otro lado de la línea.

—Clifford, es Allyson. Espero llamarte en buen momento.

—No sabes cuánto he esperado por esta llamada. Sólo me gustaría tenerte frente de mi para tener esta conversación, pero no sé cuándo regresaré a los Estados Unidos.

No lo dejé decir más e intercedí.

—Entre Francis y Pierre me han contado lo suficiente para entenderlo todo. Clifford, ya no soy la jovencita que tu conociste en el convento. Ahora soy una mujer lo suficientemente adulta y madura para entender lo que sucedió hace tantos años entre ustedes. Fue mi respuesta.

Hubo silencio por parte de Clifford. Cuando se recuperó de su sorpresa, exclamó…

—Quisiera pedirte disculpas por ese día que te dejé esperando y desaparecí por tanto tiempo. La sorpresa de la noticia que había recibido en ese encuentro con tu madre fue tremendamente conmovedora y confusa para mí. No podía imaginarme cómo lo ibas a tomar tú. Su voz reflejaba nerviosismo y pena.

—Si algún día vienes por aquí, lo que más quisiera sería verte.

—Hija, no tengo palabras para agradecer tu aceptación y comprensión.

Oírlo llamarme hija conmovió mi alma de tal manera que provocó lágrimas y sollozos imposibles de contener. La conversación fue breve, pero al grano. La sensación vivida fue la de un gran peso que se derrumbaba y resbalaba por mis hombros.

Tantos años transcurridos, tantas cosas que sucedieron en el ínterin de ambas vidas y ahora en minutos, con el corazón abierto, logramos encontrar la paz interior que cada uno tanto anhelaba. Ya no hay más angustia ni confusión, sólo una paz inexplicable, pensé. El pasado quedó en el pasado y ahora se abría la oportunidad de empezar una nueva etapa en nuestra relación: una etapa como padre e hija.

CAPITULO XII
Hay un Amor Creciendo dentro de mi...

"Vale más actuar exponiéndose a arrepentirse de ello, que arrepentirse de no haber hecho nada"

—Giovanni Boccaccio

*H*asta ese momento no había tenido la oportunidad de comentar con mi madre todo lo que estaba viviendo, no había conseguido el momento oportuno para ello, ya que sabía que era un tema serio y prefería hacerlo cara a cara; además ella últimamente se quejaba de un dolor de espalda y no quería importunarla. Pero en vista del tiempo transcurrido, pensé que tendría que promover un espacio para ello, cuando de pronto sonó el teléfono, cosa que sucedía muy a menudo entre mi madre y yo. Ella y yo siempre comentábamos de la telepatía que existía entre nosotras.

—Hola mamá, ¿cómo has seguido del dolor de espalda?

—Hola mi amor, bastante mejor. Con varias visitas al quiropráctico y mucho cariño por parte de Robert estoy muchísimo mejor. ¿Y tú cómo has estado cariño?

—Madre, tengo tanto que contarte. Quisiera ir a visitarte.

—Cuando tú quieras. Estaré esperándote con los brazos abiertos como siempre.

—Bien, entonces voy este fin de semana. Creo que esta vez iré en coche.

Pedí el viernes libre en el trabajo y comencé el viaje temprano. Tan pronto terminé el desayuno, emprendí el camino. Nunca había conducido un trayecto tan largo, pero quería tener tiempo para estar con mis pensamientos. Las horas del trayecto se pasaron rapidísimo y, cuando me di cuenta, ya estaba cerca de mi destino.

Mamá estaba en el jardín de la entrada de la casa plantando unas flores cuando llegué. La jardinería era su afición. Allí estaba ella esperándome con su eterna sonrisa que destilaba simpatía y ternura. Para todo tenía palabras cariñosas, por lo cual era fácil sentirse bienvenida y a gusto en su presencia.

—Justo a tiempo hija. Acabo de plantar la última flor. Ven que te doy un abrazo y entramos a tomarnos una limonada que acabo de preparar. Me sentía mimada por mamá y por Robert, y por ello era un placer ir a visitarlos.

Ya pasadas unas horas nos sentamos los tres a conversar. No podía esperar para darles la noticia sobre Francis y comentarles la conversación con Clifford. Entonces empecé a contarles con todo lujo de detalles como habían ocurrido los últimos acontecimientos. Ellos eran todo oídos. No se atrevían a interrumpir y permanecieron en silencio hasta el final. Me causaba gracia observar las expresiones en sus rostros, queriendo escuchar el relato hasta el final.

—Hija, ¿cómo es que no me contestaste nada? Esas noticias tienen que haberte afectado. Cómo hubiera querido estar allí para ayudarte y darte apoyo.

Robert se mantuvo en silencio y luego dio su opinión:

—Debe haber sido un golpe fuerte para ti. Creo que me puedo imaginar por qué tomaste la decisión de no adelantarle nada a tu madre. Lleva tiempo digerir esa realidad.

—Mamá, yo no hubiera podido haber expresado lo que dijo Robert de mejor manera. Sí, me llevó tiempo integrar esa información. Creo que necesitaba estar a solas, además de que no quise causarte motivos de preocupación.

—Bien, puedo entender todo eso y me siento muy orgullosa de ti. Pero dime ahora ¿cómo te sientes?

Le contesté a mi madre de la mejor manera que sabía ya que había pasado algún tiempo; y con mucho esfuerzo personal estaba logrando integrar todos los acontecimientos, entendiendo y perdonando también lo que pensé que debía ser perdonado. Le expresé como mi corazón sintió el dolor y abatimiento de esas experiencias vividas y como esa misma pena me hizo ver claramente como cada uno de nosotros hemos recorrido un camino, hemos atravesado por cosas que simplemente no tienen explicación. Ninguno pasamos por esta vida sin tener algo que contar.

Tanto Robert como mamá escuchaban con atención mis palabras. Cuando terminé de hablar, se hizo un silencio en el salón. Al rato, Robert se puso de pie y vino hasta mi; tomó mis manos para ayudarme a levantarme de la silla y luego, puso sus brazos sobre mis hombros pudiendo yo así sentir su abrazo confortador. Se despidió dándome las buenas noches y subió a la habitación. Ahora deseaba que mamá y yo estuviéramos a solas para continuar compartiendo la charla.

Una vez a solas con mamá, deseaba contarle la segunda noticia. Estaba nerviosa: caminé un poco alrededor de la sala, fui a la cocina a prepararme un té, y luego regresé y me senté al lado de ella.

—Mamá, hay algo más que necesito decirte.

Le tomé la mano y la coloqué sobre mi vientre. Ella no entendía lo que estaba haciendo, y de pronto y por una fracción de segundo se quedó paralizada. Fue así como si mil pensamientos a la misma vez cruzaran por su mente, casi que se podía sentir el movimiento de las neuronas en su cerebro. No necesité decir una palabra: el instinto maternal es más fuerte que nada. Con sus ojitos húmedos por las lágrimas, mamá se acercó a mí y me abrazó con la ternura que sólo una madre puede sentir por un hijo. Permanecimos calladas por unos momentos. "Mamá quería que te enteraras de esta noticia por mí."

Le conté que el padre era Pierre. Que llevaba dos meses de embarazo, y que Pierre no estaba enterado todavía de mi embarazo.

Las lágrimas se colaron en sus ojos humedeciendo sus mejillas. Lo que ella menos esperaba era esa noticia. No sabía que decir o hacer. Le temblaba la voz. Por fin veía sus sueños cumplidos ya que siempre había anhelado un nieto, aunque nunca por delicadeza lo había expresado claramente.

Se levantó, cubrió su cara con las manos y lloró. En parte, yo estaba aterrada pensando que la había herido con la noticia. Luego secó sus ojos, se dio vuelta y llamó a Robert.

—Robert, baja de inmediato. Tenemos que celebrar.

Acto seguido, comenzó a hacer planes para la próxima llegada de su primer nieto.

—La habitación de la planta baja será para el bebé y para ti cuando vengan de visita.

Le daría una limpieza profunda y hasta una pintada para refrescar el color de las paredes. Ya hablaba de comprar la cuna y todos los elementos necesarios para que estuviéramos cómodos y yo no tuviera que traer nada conmigo. Estaba tan feliz que parecía que fuera ella la que tendría el bebé. No recuerdo haber visto a mamá tan entusiasmada antes. La respuesta y la aceptación de mi familia me hizo sentir apoyada y querida. Era algo que necesitaba tener de forma urgente en este momento de la vida.

La siguiente pregunta fue lógicamente cuando le avisaría a Pierre.

—Pierre estará emocionado con esa noticia. ¿Cuándo se lo dirás? Ya no puedes esperar mucho. Seguro de que la próxima vez que él venga ya se te notará. Hija, disculpa que te haga tantas preguntas, pero no puedo esconder mi emoción.

—Sí, mamá, ya me doy cuenta y eso me agrada. Lo llamaré tan pronto regrese a casa. Quería tanto que tú lo supieras primero y conocer tu reacción. Yo también estoy segura de que Pierre estará feliz.

CAPITULO XIII
Una Nueva Vida...

"La medida del amor es amar sin medida"

—San Agustín

Ya de vuelta en Nueva York y al trabajo, mi vientre crecía de forma notoria: la ropa ya me quedaba apretada y tenía muy pocas prendas que aún me servían. Ya no sentía el mismo deseo de usar las mismas ropas entalladas al cuerpo como era mi costumbre vestir; además, el cuerpo no lo permitía más. Sólo deseaba que mi bebé se sintiera cómodo en mis entrañas. La rutina cotidiana dio un giro de más de ciento ochenta grados; asimismo, la incertidumbre en la que me hallaba hacía que me sintiera vulnerable suponiendo que todos se estarían percatando de lo que estaba sucediendo. Precisamente, éste fue el caso con Victoria quien no tardó en hacer correr un comentario que no pudo haber sido más cruel...

—Allyson, parece que esas visitas a tu madre te están ayudando a ganar de peso. Su comida debe ser la típica comida casera, y, por supuesto debe preparar platos exquisitos cuando su niña va a visitarla. Hasta la ropa que estás usando es una talla más grande. ¿Cierto?

No fue tanto las palabras que ella dijo, sino el tono de voz que utilizó para decirlas. Por un lado, deseaba responderle con la misma ironía y quizás mandarla a freír huevos, pero había tomado la decisión de que no dejaría que nada ni nadie perturbase mi paz interior, no solamente por mi, sino por la criatura que llevaba dentro de mi ser.

Entonces, le dije con voz calma y serena, añadiendo un pequeño toque de sarcasmo…

—Sí Victoria, tal vez algún día te invite a venir conmigo a saborear esa deliciosa comida que mi madre prepara. A ti, por el contrario, te haría falta aumentar algo de peso. Tú ya sabes que cuando nos hacemos mayorcitos la gravedad nos afecta provocando la caída de algunas partes del cuerpo.

Después de ese pequeño intercambio de palabras, ya no se atrevió nunca más nunca a hacerme ese tipo de comentarios.

La única persona -además de mamá- que sabía mi secreto, por supuesto, era Mara. Y estaba claro de que sería discreta, ya que ella era una confidente y un apoyo sin igual.

—Allyson, no esperes más tiempo para hablar con Pierre. El necesita saberlo.

En un rincón muy profundo de mi corazón tenía temor de contarle a Pierre y no sabía por qué. Y qué pasaría, si ahora en esta etapa de su vida a pesar de que él siempre había querido tener hijos, tener un hijo en este momento pudiera ser para él una responsabilidad que no quisiera asumir... me preguntaba.

Pasaron varios días más y antes de llamarlo yo, recibí una llamada inesperada de él. No era común que me llamara durante la semana por lo general, puesto que las veces en que ocasionalmente hablábamos eran durante el fin de semana. Su llamada era para anunciarme que había recibido una propuesta de trabajo extraordinaria la cual consideraba muy difícil de rechazar. Agregó que ése era un trabajo que él siempre quiso desempeñar antes de retirarse. Adicionalmente, los beneficios a obtener le asegurarían un retiro comodísimo de por vida.

Se produjo un silencio que me dio la oportunidad para interceder.

—Pierre eso suena fabuloso. Parece como que no tienes duda de que deseas aceptarlo.

Su respuesta fue positiva; la única vacilación que albergaba era el lugar de destino y el período de tiempo que necesitaría estar ausente.

—¿A Canadá? Pregunté inocentemente…. No es un mal lugar, le dije tratando de ser positiva.

Sin escatimar detalles me informó que el proyecto es un hotel de vacaciones que el empleador, un consorcio canadiense, planea construir: algo bastante complejo. Hace tiempo que están resolviendo la logística, los planes y trabajando con el gobierno del país. Ya por fin todo se ha resuelto y están listos para comenzar a la brevedad posible. Pierre cumplía todos los requisitos que se necesitaban para ese trabajo. Tendría que ausentarse durante dos años y, si aceptaba la oferta, posiblemente en un plazo de un mes tendría que partir.

Al terminar la clarificación, añadió con voz cariñosa.

-Lo que más voy a extrañar es estar tan lejos de ti para vernos. Por supuesto que mantendré contacto contigo si tú así lo deseas. Quién sabe, a lo mejor un día de estos me cuentas que te has enamorado y que te….

No lo dejé continuar y le pregunté:

—Pierre, aún no me has dicho adónde te vas.

—A Botswana, Africa

Un gran silencio se apoderó de mí. Sentí la humedad de una lágrima correr por mi mejilla, y pude ver que cayó en la mesa mojando una hoja de papel. Las piernas no me sostenían: me acerqué a la silla más próxima y me desplomé en ella. No quería que Pierre supiera que estaba llorando. Es que ni siquiera podía hablar, por lo que preferí colgar el teléfono sin decir una sola palabra. A los pocos minutos sonó el teléfono, y ya no quise contestar. No podría hacerlo: las palabras se me atascarían en la garganta. Y ahora, ¿qué hago?

Volvió a sonar el teléfono y volví a ignorarlo. Salí al balcón; mi vista se nublaba y veía todo gris. ¿Dios mío, y ahora qué? No puedo detenerlo. Es obvio de que ese proyecto significa mucho para él. El teléfono sonó repetidamente y yo no contesté. Decidí enviarle un email diciéndole que tenía un problema con mi celular, que creía que debía reemplazar la batería por una nueva y por lo tanto el teléfono había dejado de funcionar de repente. Le dije que lo felicitaba por haber conseguido ese magnífico trabajo y que no se preocupara que todo estaba bien conmigo. Le decía que cuando se arreglara el inconveniente con el teléfono, le devolvería la llamada. Mientras escribía, hacia pautas para llevar la mano sobre mi vientre hablándole a la criatura que llevaba en mis entrañas.

¿Qué haría Pierre si supiera lo que está sucediendo? Es posible que decidiera no irse y quedarse con él bebé y conmigo. Pero yo no tendría paz nunca más por haber sido el obstáculo que le truncó su futuro. O tal vez, aunque lo supiera, él partiría igualmente, y eso sería también doloroso para mí. Nuevamente, me encontraba en una encrucijada.

Sabía que Pierre buscaría la manera de comunicarse conmigo y lo más probable es que llamara a mamá. Adelantándome a que él lo hiciera, tomé el teléfono y marqué el número de mi madre, y le conté todo sin excluir ningún detalle de cómo había sucedido la conversación con Pierre. Con la voz cortada por el dolor, le supliqué que no le dijera absolutamente nada sobre el bebé.

Pedirle eso a mama, le resultaba muy difícil de aceptar, pero no tuvo mas remedio que aceptar pues sabía que yo confiaba en su palabra. Le expliqué que era necesario que Pierre no se enterara aún. Él debía partir a África.

-Deberías haber oído su voz cuando me lo contaba. La alegría se desbordaba por el teléfono.

—Entiendo tu manera de pensar y, sabes que si tú me lo pides, no será por mí que él se entere, pero este secreto me pesa mucho.

Hablamos durante una hora tratando de encontrar solución a este dilema. Mamá me propuso que fuera a vivir con ellos para así poder ayudarme con el bebé.

Eso fue la gota que derramó el vaso... sus tiernas palabras y su deseo de estar conmigo en estos momentos, fue como una caricia para mi corazón, quebrando, con ese comentario, todas las barreras que me había creado para sostenerme fuerte.

Tal como yo lo había supuesto, a los pocos días de no poder contactarme, Pierre llamó a mamá preguntándole por mí y por lo que me estaba sucediendo. Mamá mantuvo su palabra y sostuvo una conversación muy cordial sin anunciar nada de lo acaecido. Ella se inventó una mentirita diciéndole que mi teléfono estaba descompuesto y que yo lo llamaría tan pronto estuviera el asunto resuelto.

Por supuesto que Pierre no le creyó esa excusa y replicó:

—Irene, no estamos en la era de piedra. Ella se podría haber comunicado por otros medios. Incluso lo podría haber hecho desde la oficina. ¿Es que ha sucedido algo y no quiere decírmelo?

—Pierre, la verdad es que yo no sé más que eso. Prometo hablarle y comentarle que estás preocupado por su ausencia.

Pierre le dejó a mamá toda su información en caso de que ella quisiera comunicarse con él.

Mamá me dejó saber la conversación que sostuvo con Pierre, y eso me dejo aún más inquieta. La verdad es que no sabía cómo debía proceder. Por fin, al cabo de cinco días lo llamé. Le dije que tenía sentimientos encontrados entre la alegría de saber que había conseguido lo que tanto deseaba, y la tristeza que me dio el hecho de que se iba tan lejos.

—Tú sabes que puedes venir de vacaciones a visitarme cuando quieras y por el tiempo que quieras. Ninguno de los dos ha estado en Botswana y, conociéndote como te conozco, estoy seguro de que te gustaría visitar ese país.

No fuimos sinceros con respecto de cómo nos sentíamos en ese momento. Pero era obvio que, después de aquella noche en que estuvimos juntos, los dos sentíamos que entre nosotros nuevamente había surgido algo más que una amistad.

Los días pasaron rápidamente. Mi barriga crecía. Ya no podía ocultarlo. Para ese entonces, estaba en el cuarto mes de embarazo. Pierre se acababa de ir a África sin saber que yo estaba encinta. Yo continúe trabajando en la oficina. De vez en cuando a Victoria se le escapaba algún comentario con la intención de irritarme, aunque ya no lograba hacerlo. John, por su parte, seguía siendo muy gentil conmigo y permitió que trabajara desde la oficina sin necesidad de tener que viajar con mucha frecuencia. Después de todo, y gracias a la tecnología, la mayoría del trabajo lo cumplíamos virtualmente.

Una mañana temprano, preparándome para salir a caminar- ejercicio que el doctor me había recomendado como muy importante para mi estado físico y anímico-escuché sonar el timbre de la puerta de mi apartamento. Un poco sorprendida de quién pudiera ser a esas horas, me acerqué a abrir la puerta. Sabía que Mara que era la única que venía sin avisar, pero ella estaba fuera de la ciudad por unos días. Un tanto curiosa, me preguntaba quién podría estar viniendo a visitarme sin anunciarse.

Miré a través del ojo de la puerta y noté la espalda de una persona, pero no pude ver su cara. Abrí la puerta cautelosamente. La persona se giró, y quedamos cara a cara, mirándonos fijamente.

No podía creer lo que mis ojos estaban viendo.

—En voz alta lo llamé por su nombre, "Clifford, ¿eres tú?" Silencio profundo…. A los dos, los ojos se nos llenaron de lágrimas y nos abrazamos. El bulto en mi vientre a consecuencia del embarazo estaba en el medio de nosotros impidiendo un abrazo holgado.

—Por favor entra…. Le dije.

Noté que Clifford miró curiosamente mi vientre, pero supongo que evitó comentarios al respecto pensando que tal vez sólo estaba de que yo tuviera unos kilos de más.

—Disculpa que haya venido sin anunciarme, pero deseaba verte y temía que te negaras. Por eso estoy aquí, me siento feliz de haberte encontrado.

No puede ser verdad, me repetía una y otra vez. Al cabo de un rato y ya los dos calmados por la sorpresa inicial, nos sentamos frente a frente y comenzamos a hablar. Me contó que acababa de regresar de África donde había vivido por varios años trabajando en un orfelinato educando a los niños y colaborando como misionero en las oficinas de dicho lugar.

La historia que Clifford relató a continuación me dejó aturdida. El se encontraba haciendo una compra de suministros para el orfelinato en un supermercado en Gaborone (capital de Botswana) cuando el hombre que estaba en frente de él en la fila para pagar le resultó muy familiar. Me recordó que sólo lo había visto una vez en París cuando fue a buscarme y para ese tiempo yo no residía más allí. Para asegurarse que era él, lo llamó por su nombre: Pierre. Y fue grande su sorpresa cuando al darse vuelta este hombre lo miró con una mirada como quien busca encontrar de donde se conocían; con voz baja el hombre preguntó, ¿Clifford, es usted? Del supermercado fueron al café más cercano donde permanecieron hablando por algún tiempo. Me dejó saber que Pierre se sintió feliz de ver una cara familiar. Tenía poco tiempo de haber llegado a Botswana y conocía a muy pocas personas allí.

Yo no salía de la sorpresa escuchando su relato. Quería saber más de Pierre pero también deseaba que habláramos sobre nosotros. La situación se me hacía algo incómoda pues no sabía como dirigirme a él: si llamarlo papá o llamarlo por su nombre. Al fin, le pregunté si le importaba que le dijera "papá". Todo este tiempo llamándole "Clifford" y ahora resultaba extraño usar esa palabra de cariño.

—Súbitamente, él extendió sus manos para ayudarme a levantarme y con ternura ofreció abrazarme al mismo tiempo que preguntaba.

—Hija, ahora cuéntame de este bebé, dijo colocando su mano sobre mi vientre.

Parece que al sentir el calor de sus manos el bebé despertó y dio unas cuantas pataditas. Hacía poco tiempo que había empezado a sentir sus movimientos dentro de mí, pero esta vez lo hizo con fuerza.

—Te está diciendo "Hola abuelo".

—¿Cuál es la situación? Me preguntó Clifford

Procedí a contarle todo. Clifford siempre me inspiró confianza y seguridad desde el primer día que yo llegué al convento y tuvimos la confesión, cuando éramos sólo amigos o por lo menos eso era lo que yo sentía. Sabía que él podría guiarme de la manera más sabia que cualquier otra persona, con la excepción de mi madre.

—Pero Pierre no me habló de que tú esperabas un hijo. —comentó él.

—Porque él no lo sabe. Yo no sé qué debo hacer. No quise que Pierre tuviera ningún obstáculo para irse a África. El deseaba ese trabajo más que nada en el mundo.

Su respuesta fue rápida:

Papá me comunicó que Pierre abrió su corazón revelándole que nunca había dejado de amarme. Le dijo que entendía que yo era muy joven cuando nos casamos y suponía que yo estaba atravesando una etapa diferente y confusa en mi vida. Según él, esa etapa de confusión me condujo a tomar la decisión de separarme de él.

—¿Cuántos meses de embarazo tienes? Preguntó Clifford de prisa.

—Cinco, le dije

Se quedó pensando por un buen rato. Me pidió algo de beber. Y antes de que yo pudiera decir alguna palabra, continuó,

—Yo tengo que regresar a Bostwana el mes entrante; ya para ese entonces tu tendrás seis meses de embarazo. Todavía te permitirán embarcarte, aún estando embarazada.

—¿Embarcarme para dónde?

—Te vienes conmigo a Botswana.

En el fondo del corazón, estaba segura de que eso era lo que yo deseaba hacer. Súbitamente, una abrumadora felicidad estremeció mi alma. Enhorabuena regresó papá Clifford a mi vida. No sabía como responder, pero tampoco había necesidad de eso. La decisión estaba tomada. La sensación de felicidad se la debo haber transmitido a mi bebé pues sus patitas ahora se movían con mayor intensidad como diciendo: "Sí, mamá, vámonos".

Al día siguiente, le presenté la renuncia a John. Le di dos semanas para que consiguiera a mi suplente. Mamá estaba perpleja y boyante por la decisión que yo había tomado. Mara, feliz, pero triste de que yo no estaría más aquí. Mamá, que también conocía a Mara, la llamó y acordaron reunirse en Nueva York junto con Robert y Roy. Vinieron a la casa de Mara quien había preparado una comida de despedida. Entre risas y lágrimas, la conversación variaba de un tema a otro… de cómo surgió la amistad entre Mara y yo. Roy, tiernamente expresó que extrañaría mucho el no tenerme en la ciudad cerca de él pues ya me consideraba como una hermana a quien podía llamar sólo para conversar trivialidades e ir a un cine algún domingo. Y por supuesto, mamá y Roy estarían dispuestos a ir a Botswana de visita, y aunque admitían que el viaje sería un tanto difícil para ellos, nada los detendría para conocer al tan esperado nieto.

Pasadas las dos semanas, ya había llegado la hora de despedirme de mis compañeros de trabajo. John, no tenía palabras para expresar el vacío que mi ausencia traería a la oficina. Daniel y los otros compañeros demostraron tanto cariño y afecto que me hicieron llorar de alegría. El agradecimiento que sentía por todo lo que había aprendido durante ese tiempo y por la cordialidad que todos, con la excepción de Victoria, mostraron siempre era algo que vivirá en mis memorias con amor. Sin embargo, Victoria, en ese momento final, también demostró algo de aprecio, sincero o tal vez no, pero igualmente yo lo acepté con gratitud.

Ya en el avión con Clifford a mi lado, cerré los ojos y con la imaginación volé al momento en que aterrizaríamos en Sir Sérsete Khama, el aeropuerto internacional de Botswana y bajaría del avión con papá Clifford a mi lado. Clifford le había anunciado a Pierre sobre nuestra llegada sin darle más explicaciones. Sólo le pidió que viniera a recogernos.

Había sido el vuelo más largo que había hecho en mi vida y el embarazo no lo hizo nada fácil. De Nueva York a Johannesburgo, fueron 21 horas de viaje desde el momento que salimos de casa. Al llegar a Johannesburgo, teníamos que conectar con otro vuelo a Gaborone. Debido a una gran tormenta, el vuelo fue cancelado hasta el día siguiente; eso resultó mejor, pues me dio la oportunidad de descansar antes de llegar al destino final. El desfase de horario era agotador y la angustia por cómo afectaría eso el embarazo crecía con cada minuto. A la mañana siguiente continuamos el viaje, por suerte ese otro vuelo era de corta duración. No veía el momento de llegar y descansar. Sin saber aún lo que pasaría ni cual sería la reacción de Pierre al verme en estado, trataba de convencerme de que habíamos tomado la decisión correcta.

Dormí la hora entera de vuelo sólo para despertar cuando sentí las ruedas del avión tocar tierra. Si alguna vez en la vida he estado nerviosa de más, éste era ese momento! Las manos me sudaban y los latidos del corazón se hacían cada vez más intensos. Clifford notó mi inquietud, y tomando mi mano, dijo:

—Hija, ten fe, confía que todo estará bien.

Bajando las escaleras del pequeño avión sentía que las piernas no me sostendrían. Clifford no me dejó sola ni por un momento: él estaba a mi lado con su brazo alrededor de mi cintura para cuidar de no me cayera. Yo buscaba a Pierre ansiosamente entre las personas que esperaban la salida de los pasajeros. El lugar estaba abarrotado de gente.

Solo quería estar atenta a la reacción de Pierre al verme con un vestido de maternidad y una barriga que ya no era posible disimular.

Allí estaba él, el verdadero amor de mi vida, con una expresión de incredulidad al verme. Fijó su mirada primeramente en mi cara y luego hacia abajo, hacia mi vientre. En su rostro se dibujó una sonrisa llena de amor y ternura como nunca antes la había observado. Lentamente, se acercó hasta mí como queriendo saborear cada segundo del encuentro. Pasó su mano por mi rostro y luego se inclinó para besar mi vientre.

—FIN—